Louis Holm

Der Zwiebelkuchen

Louis Holm

Der Zwiebelkuchen

und andere Geschichten
aus Schwaben
zum Lesen und Vorlesen

Silberburg-Verlag

1 2 3 4 5 97 96 95 94 93

Umschlag unter Verwendung der Gouache
»Degerloch – Ansicht von Norden« von Pieter Francis Peters.

Druck: Clausen & Bosse, Leck.
Printed in Germany.

ISBN 3-87407-168-5

Inhalt

Zu meinem »Zwiebelkuchen«

Vor fast einem halben Jahrhundert, während eines dreijährigen, unfreiwilligen Aufenthalts in der Normandie, hat der Verfasser, damals noch nicht volljährig, den untauglichen Versuch unternommen, seinem Patron süddeutsche Eßkultur nahezubringen. Während einer der in Frankreich üblichen, stundenlangen und aufwendigen Mahlzeiten, bei denen die einzelnen Speisen jeweils als separate Gänge aufgetragen werden, erklärte er dem Hausherrn, daß man in seiner schwäbischen Heimat gemischten Braten samt Spätzle, Kartoffelsalat und grünem Salat miteinander zu verzehren pflege. Daraufhin entrüstete sich sein Gegenüber: »C'est alors comme les cochons!« – auf gut deutsch: »Grad wia d' Säu!« Und als ihm sein Prisonnier bei einer anderen Gelegenheit von einem Zwiebelkuchen vorschwärmte, mußte der Franzose erst einmal tief Luft holen.

Dreißig Jahre später nahm der Normanne die Reise nach Württemberg auf sich und stattete seinem ehemaligen Hilfsknecht einen längeren Besuch ab. Er zeigte sich beeindruckt von Land und Leuten, und selbst das Essen fand er nicht gar so übel. Und als ihm bei diesem Anlaß schließlich ein Zwiebelkuchen kredenzt wurde, verschlug es ihm fast die Sprache: »Mais c'est délicieux!« Für seinen früheren Zwangsgast bedeutete das keine geringe Genugtuung. Mit deliziös kennzeichnet man ja hier wie dort eine ganz besondere Gaumenfreude, und die deutsche Gastgeberin hat den Ausspruch auch als Extralob empfunden.

Hoffentlich hat der vorliegende, neugebackene »Zwiebelkuchen«, den wir hier im Rahmen eines Menüs von 23 verschiedenen Gängen aus vorwiegend schwäbischen Zutaten servieren – ofenfrisch und verführerisch duftend, herzhaft, pikant und bodenständig – inzwischen etwas Neugierde erweckt. Ob die Leser das, was hier für sie angerichtet wurde, nun auf einmal verschlingen oder ob sie es häppchenweise versuchen möchten, à la carte sozusagen, und ob sie sich dazu ein Gläschen Schillerwein genehmigen wollen oder ein Viertele Trollinger, bleibt ihre Sache. Jedenfalls wünschen sich Verfasser und Verlag, daß alle, wenn sie das ganze Angebot durchgekostet haben, zu dem gleichen Urteil gelangen mögen, das der französische Freund des Autors über den ersten Zwiebelkuchen seines Lebens gefällt hat – einfach köstlich.

Pfullingen, im Juli 1993 *Louis Holm*

Der Zwiebelkuchen

Es klopfte. Vor der Klassenzimmertür stand die Frau des Lehrers. Aufgeregt und ein wenig außer Atem flüsterte sie ihrem Mann etwas ins Ohr, offenbar eine wichtige Mitteilung, denn der Angesprochene, Lehrer an der Hauptschule einer Gemeinde im Unterland, brach daraufhin seinen Unterricht über die Steigerung von Eigenschaftswörtern unvermittelt ab und ließ seine Schützlinge einen Übungsaufsatz schreiben. Er selbst begann, sich eifrig Notizen zu machen, holte nach einiger Zeit den Projektor, prüfte ihn auf seine Funktionsfähigkeit, suchte dann ein paar Dias zum Thema »Reichsgründung« heraus und legte eine passende historische Karte bereit. Schließlich vertiefte er sich für eine halbe Stunde in ein dickes Buch, um der folgenden Unterrichtseinheit den letzten Schliff zu geben.

Derweil saß der Urheber dieser plötzlichen Hektik, seines Zeichens Schulrat aus Heilbronn, in der »Krone« zu Magersheim und gönnte sich ein zweites Frühstück. Das pflegte er immer zu tun, wenn er in diese Gegend kam, die seinem Schulamtsbezirk erst anläßlich der Kreisreform zugeschlagen worden war. An diesem Tag mundete ihm der Schwartenmagen sogar besonders gut. Als störend empfand er nur, daß die Leute hier so ungewöhnlich gesprächig waren. Eine gute Viertelstunde hatte sich der Wirt an seinen Tisch gesetzt und ihm dabei auch entlockt, was für einen wichtigen Dienstauftrag er heute zu erledigen hatte.

Mittlerweile war der Schulrat ungeduldig geworden, weil es mit dem Bezahlen nicht klappen wollte und er in Zeitnot zu geraten drohte. Endlich kam der Gastwirt zurück. Er habe noch ein wichtiges Telefongespräch führen müssen, entschuldigte er sich und bot dem Besucher an, ihm dafür noch ein Stück warmen Zwiebelkuchen zu spendieren. Da konnte man doch schlecht nein sagen!

Der Kuchen kam tatsächlich direkt aus dem Ofen, duftete verführerisch und war noch so heiß, daß der Beamte gar nicht gleich hineinbeißen konnte. So dauerte diese Einkehr am Ende eine volle Stunde. Hoffentlich sei er nicht zu lange aufgehalten worden, meinte der Kronenwirt zum Schluß, aber er habe eben nur selten Gelegenheit, mit einem so gebildeten Herrn zu reden. Das ging dem andern hinunter wie Öl, und er gab sich wieder versöhnt. Überhaupt, das hatte ihn die Erfahrung gelehrt, wirkte er nach einem so ausgedehnten Vesper immer viel ausgeglichener. Und diese Gelassenheit pflegte sich, wie die guten Beurteilungsnoten bewiesen, häufig auch auf seine Lehrer zu übertragen.

Der Pädagoge, der da, weil zur Beförderung anstehend, unangemeldet besucht werden sollte, stand schon seit zwanzig Jahren im Schuldienst des Landes. Als junger Mann hatte er sich um eine Stelle im Württembergischen beworben und war damals trotz seiner mäßigen Zeugnisse eingestellt worden, weil seinerzeit Lehrermangel herrschte und auch, weil er mit einer Einheimischen die Ehe einzugehen gedachte. Der Mann stammte aus der Kölner Gegend und galt als rheinische Frohnatur, für manche sogar als ein Bruder Leichtfuß. Bei den Schülern und den Leuten im Dorf hieß er »Jud«, weil er auch schwächere Leistungen mit »gut« bewertete und das »g« als »j« aussprach, wie der erste Kanzler der Bundesrepublik. Auch nach so vielen Jahren war er in seiner schwäbischen Wahlheimat ein sprachlicher Außenseiter geblieben. Der Rektor hielt ihn überhaupt für einen »Filou«, ein Schlitzohr, und hätte an seiner Stelle lieber einen »soliden« Landsmann gesehen. Aber der Schulrat war dem Rheinländer gewogen, nicht nur, weil er ihm einst die »Krone« empfohlen hatte, wo dieser bald einen Stein im Brett hatte. Nein, der Lehrer erwies sich durchaus als lernfähig und beherzigte die pädagogischen Ratschläge des amtlichen Visitators. Zwar waren es auch weiterhin keine Sternstunden, die er vorführte, aber er erbrachte in letzter Zeit immerhin beachtliche Routineleistungen. Und darauf kam es schließlich an.

Als der Schulrat gegen halb elf an die Tür pochte, konnte der Lehrer nicht genug beteuern, wie »aufjerecht« er sei. Aber die Sache lief dann doch ganz ordentlich. Selten hatte er so anschaulich erzählt wie an diesem Tag, als er von der »Jefangennahme« des französischen Kaisers bei Sedan berichtete und wie es dann »ab nach Kassel« gegangen war. Gespannt hörten die Achtklässler, wozu »dat viele Jeld«, die Kriegsentschädigung der Franzosen, alles gut gewesen war, und daß man trotzdem noch den »Juliusturm« damit füllen konnte. Dazwischen sahen sie Napoleon III. im Bild, schon wieder »janz jefaßt«, auch den Kaiser Wilhelm und seinen »eisernen Kanzler« Bismarck. Und an der Wand hing eine Karte, auf der sich demonstrieren ließ, daß die Reichsgrenze nunmehr auf dem Kamm der »Vojesen« verlief.

Der Lehrer hatte, wie er dem Schulrat nachher bekannte, von Anfang an ein »jutes Jefühl« gehabt, und dieser bestätigte dann auch in der anschließenden Besprechung, daß der zu Prüfende methodisch richtig und didaktisch geschickt vorgegangen war. Besonders lobte er den Medieneinsatz und die gute Vorbereitung im allgemeinen. Dabei ließ er durchblicken, daß er die Beförderung befürworten würde. Lediglich am Dialekt des Rheinländers hatte der Mann aus Heilbronn etwas auszusetzen, denn am Schluß des Beratungsgesprächs monierte er, sich des eigenen Defizits nicht bewußt: »Aber Se soddet meglichschd hochdeitsch schwätze!«

Übrigens kam auch der Kronenwirt auf seine Kosten. Am Sonntag erschien der Konrektor in spe mit seiner ganzen Familie zum Mittagessen. Und er ließ sich dabei nicht lumpen. Mehr als hundert Mark zahlte er für das opulente Mahl, einschließlich diverser Getränke und eines üppigen Eisbechers. Als der aufgeweckte Sohn des Rheinländers am Schluß die stolze Rechnung studierte, rief er entrüstet: »Babbe, mir hen doch koin Zwiebelkuche ghet!« Aber der Vater verzog keine Miene und meinte nur lakonisch: »Dat jeht schon in Ordnung, mein Jung!«

Kennen Sie Felisch?

Unterwegs sollte man stets jene Speisen und Getränke bevorzugen, die in der besuchten Landschaft heimisch sind, denn sie geben oft ein wohlschmeckendes Zeugnis von der Eigenart ihrer Bewohner.«

So stand es in dem Reiseführer über den Bayerischen Wald, den wir uns erwarben, ehe wir im Sommer dorthin aufbrachen, und so wollten wir es auch halten. Marianne, meine Frau, hatte sich sogar vorgenommen, viele neue Rezepte zu sammeln und unseren Küchenzettel in Zukunft mit echt bajuwarischen und böhmischen Speisen zu bereichern. Wir verschmähten also für einige Zeit standhaft panierte Schnitzel mit Pommes frites, aßen uns statt dessen tapfer durch unzählige Variationen von Knödeln, probierten auch Reiberdatschi mit Heidelbeeren, versuchten sogar mitten im Hochsommer Bauerngeräuchertes mit Sauerkraut und lernten die zarten Forellen sowie die deftigen bayerischen Bratwürste gleichermaßen schätzen. Zu alledem ließen wir uns das frische Bier aus den kleinen, ländlichen Brauereien trefflich munden, und wenn unseren Mägen die ungewohnt fettreiche Kost einmal zuviel werden wollte, dann schaffte ein Schluck Kräuterschnaps aus der »Bärwurzerei« von Zwiesel rasch Abhilfe.

Einmal, es war in einem gemütlichen Gasthof von Böbrach unweit Regen, stand auf der Speisekarte eine besondere Spezialität der Gegend: »Gemüseeintopf mit Felisch«. Mir war das gar kein Begriff. Felisch, was mochte das sein? Vielleicht etwas von Rind oder Schwein, gewissermaßen eine Art Pichelsteiner, dachte ich.

Aber Marianne wies derlei ordinäre Vermutungen weit von sich. Doch, ihr war der Name Felisch durchaus geläufig, zumindest hatte sie manches darüber gehört oder gelesen. Allerdings, Genaueres wußte auch sie nicht mehr. Entweder – so weit erinnerte sie sich immerhin – handelte es sich um einen seltenen, besonders schmackhaften Fisch oder um eine Zugabe von kostbaren Pilzen.

In der Tat ließ der für die dortigen Verhältnisse stolze Preis von zehn Mark neunzig etwas ganz Besonderes vermuten, und meine Frau war schon im voraus entschlossen, der Wirtin ihr bis dahin sicher wohlbehütetes Kochrezept zu entlocken. Zu diesem Zweck hatte sie bereits ihr Büchlein gezückt.

Es dauerte nicht allzu lange, bis in einer mächtigen, dampfenden Terrine das Gericht serviert wurde. Schon die Menge rechtfertigte den Preis.

Und der Felisch? Nun, da lag er, unverkennbar, reichlich bemessen und zu Würfeln kleingeschnitten, zwischen Bohnen, Lauch, Karotten und Erdäpfeln, schmackhaft und zart, auch ohne jegliches Fett oder lästige Knorpel, aber letztlich doch nicht das, was wir erwartet hatten. Schon am frühen Morgen war er von der Wirtin persönlich frisch fabriziert worden, als ihr bei der Fingerübung auf der Schreibmaschine irrtümlich ein »e« vor ein »l« gerutscht war. Auf diese wundersame Weise veredelt, wurde selbigentags im »Auerhahn« zu Böbrach den Gästen gewöhnliches Fleisch, wenn auch von höchster Qualität, angepriesen. Mir hat es ausgezeichnet geschmeckt, und auch meine Begleiterin ließ an diesem Mittag ihren Appetit nicht vermissen. Ihr Rezeptbüchlein allerdings war still und heimlich und ganz schnell wieder in der Handtasche verschwunden.

Schwäbische Köpenickiade

Wenige Minuten vor Beginn des sonntäglichen Gottesdienstes betrat um das Jahr 1880 herum regelmäßig ein junger Bursche in einem schon etwas abgetragenen und ausgewachsenen Konfirmandenanzug die Stuttgarter Stiftskirche. Er tat das aber, wie der Mesner mit Befremden feststellte, nie, um an der Andacht teilzunehmen, sondern strebte auf die nächste Liedtafel zu, wo die Gesangbuchverse angegeben waren, mit denen der Stiftsprediger seinen Gottesdienst umrahmen wollte. Fein säuberlich notierte sich der merkwürdige Besucher die Liedernummern samt der Zahl der Strophen auf einem Zettel, steckte diesen in sein Gesangbuch und verließ dann ebenso rasch wieder die Kirche, noch ehe die Orgel mit dem Eingangschoral einsetzte.

Die Gemeindeglieder konnten sich das rätselhafte Gebaren des jungen Mannes nicht erklären, aber meine Großmutter, die mir diese Geschichte überlieferte, kannte des Rätsels Lösung. Sie hat ihn gut gekannt, ihren Altersgenossen, den Gottlieb, und dieser hat ihr gerne von seinen Streichen erzählt, auch wenn sie ihn dann später doch nicht genommen, sondern den Schulmeister von Unteriflingen geheiratet hat.

Der Gottlieb stammte von braven, gottesfürchtigen Handwerksleuten, die ihren Sohn, als er konfirmiert war, weiterhin zum Kirchgang anhielten, weil sich das für einen Christenmenschen so gehört, aber auch weil man in der Stiftskirche sonntags keinen geringeren als den Prälaten und Oberhofprediger Karl Gerok hören konnte. Eigenartigerweise wollte nachher daheim niemand wissen, welcher Pfarrer gepredigt und welchen Bibeltext er ausgelegt hatte. Die Mutter erkundigte sich stets nur: »Was hot mr gsonge?« Und den Nachweis darüber hat der aufmerksame Sohn immer zuverlässig erbracht.

Ja, er war ein richtiges »Stuttgarter Früchtle«, der Gottlieb Schell aus dem Bohnenviertel. Sein Elternhaus steht noch, in der Jakobstraße 3, wo der Vater eine gutgehende Bäckerei betrieb. Als Bub hatte sich der Gottlieb zwar etwas anderes erträumt, als sein späteres Leben in der Backstube zu versauern, aber wer kam damals schon auf gegen die väterliche Autorität und die Familientradition? So wurde der Sohn weder Mechaniker, wie er gern gewollt hätte, noch Lokomotivführer bei der Königlich Württembergischen Staats-Eisenbahn, sondern er erlernte das ehrsame Bäckerhandwerk.

Auch sein sehnlichster Wunsch, in die Feuerwehr eingereiht zu werden, hat sich nie erfüllt.

Nur selten konnte sich der junge Schell der strengen väterlichen Fuchtel entziehen. Doch nach Arbeitsschluß, wenn er nachmittags die Backstube ausgefegt hatte, zog es ihn hinaus auf den Leonhardsplatz mit dem »Krempelesmarkt«, in die nahe Hauptstätter Straße, wo die Botenfuhrwerke oft so dicht gedrängt standen, daß die Pferdebahn Mühe hatte, durchzukommen, oder auf den Wilhelmsplatz, wo es ihm die Papageien in Merkles Tierhandlung angetan hatten und wo sogar gelegentlich Seiltänzer gastierten.

Sonntags aber, nach der schon eingangs erwähnten Kurzvisite in der Stiftskirche, eilte er meist in die Schloßstraße, wo der alte Bahnhof stand. Dort gab es kurzweiligere Dinge als eine Sonntagspredigt. Auf den vier Bahnsteigen war immer etwas los. Am interessantesten wurde es aber, wenn kurz nach halb elf Uhr der Expreßzug aus Frankfurt eintraf und hoch und niedrig sich in der großen, säulengeschmückten Eingangshalle drängte. Den Gottlieb fand man dann meist neben der Drehscheibe am Ende des Bahnsteigs, wo der Rangiermeister die riesige Schnellzuglokomotive im Handbetrieb umsetzte. Da verging die Zeit im Nu bis zur mittäglichen Wachtparade auf dem Schloßplatz. Wenn dann von der Rotebühlkaserne her die Regimentsmusik ertönte und die Wachtkompanie auftauchte, dann schlug nicht nur das Herz des jungen Gottlieb

Schell höher, und er war auch nicht der einzige, der stolz im Gleichschritt neben den Olgagrenadieren mit ihren weißen Helmbüschen herschritt, nur schwenkten die anderen kein evangelisches Kirchengesangbuch in der Rechten.

Einmal – der Gottlieb hat es später oft erzählt – hatte der Wächter auf dem Stiftskirchenturm kurz vor zwölf Feueralarm gegeben. Mit vielen anderen Schaulustigen rannte der Junge zum Feuerwehrmagazin im alten Bürgerspital und traf dort gerade ein, als die Dampfspritze eingespannt wurde. Gleich darauf galoppierte der ganze Spritzenzug Richtung Tübinger Vorstadt, der Gottlieb natürlich hinterher. Zu seinem Leidwesen war es dann kein Großfeuer, sondern nur ein Dachstuhlbrand, aber für ihn doch das Ereignis des Jahres, weil er nach den Löscharbeiten auf einem Spritzenwagen zurückfahren durfte. Von diesem Erlebnis datiert seine Liebe zur Feuerwehr, die ihn sein ganzes ferneres Leben nicht mehr loslassen sollte. Schade nur, daß der alte Schell keinerlei Verständnis dafür aufbrachte, wenn sein Filius wieder einmal das Mittagessen versäumte, und dem auch handgreiflich Ausdruck gab.

Nach dem frühen Tod des Vaters kannte jedermann im Bohnenviertel den Gottlieb nur noch als »Schellebeck«. Als solcher machte er seiner Zunft keine Schande. Im Gegenteil. Aus dem Lausbuben von einst war inzwischen ein treusorgender Familienvater und ein geschätzter Bäckermeister geworden. Wegen seiner röschen Laugenbrezeln kamen die Leute von weit her, und den feinen Streuselkuchen machte ihm keiner nach, nicht einmal der Christian Mangold aus der Olgastraße, der sich auf seinen »Olgazwieback« so viel zugute hielt und bei dem die hohen Herrschaften ein- und ausgingen. Trotz seines guten Rufs hat es der Gottlieb Schell aber nie zum königlichen Hoflieferanten gebracht. Doch das lag weniger an seiner Backkunst. Dafür war die Gegend einfach nicht vornehm genug.

Im übrigen ging der »Schellebeck« nicht bloß in seinem Handwerksberuf auf, sondern er bewahrte sich sein fröhliches Herz und die Leidenschaft seiner Jugendjahre, die, wie wir bereits wissen, der Feuerwehr gehörte. Deshalb bedeutete es für ihn einen glücklichen Umstand, daß die Stadt Stuttgart beschloß, ausgerechnet in der Jakobstraße, nur hundert Meter von Schells Bäckerladen entfernt, das Dienstgebäude für die neue Berufsfeuerwehr zu errichten. 1888 begann man mit dem Bau, im Herbst 1891 zog in der Jakobstraße 14 die erste Feuerwache auf, unter dem Kommando des Branddirektors Bruno Jacoby.

Diesen ersten Kommandanten der Stuttgarter Berufsfeuerwehr hatte man aus unerfindlichen Gründen aus Berlin geholt, was den meisten Schwaben mißfiel. Schon seine Sprache war ihnen ein Ärgernis. Er grüßte »Tach« statt »Grüß Gott«, und alles mußte bei ihm »fix« gehen. Auch seine violettblaue Uniform, in der er sich sichtlich gefiel, paßte vielen nicht, so daß er in Stuttgart keinen leichten Einstand hatte. Jahrelang riß man über ihn und seine Mannen Witze, rief ihm Spottverse wie diesen nach:

»Feurio, d'r Necker brennt,
Holet Stroh ond löschet g'schwend!«

und spielte ihm auch manchen üblen Streich. Sein Übername »Brandjakob«, von den Gassenbuben des Bohnenviertels aufgebracht, war bald in der ganzen Residenz geläufig. Doch Jacoby machte seinen Weg. Sein schneidiges Wesen ging zwar manchem weiter gegen den Strich, jedoch konnte man seinem persönlichen Mut und seinen unbestreitbaren Erfolgen auf Dauer die Anerkennung nicht versagen. Weil er sich als Kommandant nie schonte, zog er sich im Ersten Weltkrieg eine böse Verletzung zu, die zum Verlust des linken Beins führte. Von diesem schweren Dienstunfall hat er sich nie mehr ganz erholt, aber in preußischer Pflichterfüllung versah er mit einem »Holzfuß« bald wieder sein Amt. Kurz vor Kriegsende ist er gestorben.

Weil die neue Hauptfeuerwache fast vor seiner Haustür lag, versäumte der »Schellebeck« keinen Feueralarm. Wenn einmal das Läuten der Alarmglocke nicht bis in sein Backrevier drang, so war doch kurz darauf das stimmgewaltige Organ des »Brandjakob« nicht zu überhören. Der »Schellebeck« ließ dann kurzerhand sein Wellholz liegen und rannte, so wie er war, in Pantinen, mehlbestaubter Hose und Unterhemd zur Feuerwache hinauf. In der Regel kam er gerade dazu, wenn die Feuerkutscher ihre Pferde aus dem Stall führten und die Wagen aus der Remise rollten. Eine Minute später war alles abfahrbereit. Der »Brandjakob« mit seiner imposanten Pickelhaube gab das Pfeifsignal zum Aufbruch, unter ständigem Betätigen der Alarmglocke ging's los in Richtung Brandstelle, daß auf dem Kopfsteinpflaster die Funken nur so stoben. Der »Schellebeck« schlurfte dann unmutig in seinen Laden zurück.

Handelte es sich dagegen nur um eine Übung, dann konnten die Gesellen in der Backstube oft lange auf ihren Meister warten. Gespannt verfolgte dieser, wie die hohe Leiter ausgefahren wurde und wie dann zwei Feuerwehrleute in wohl zwanzig Meter Höhe ihre Dampfspritze loszischen ließen, oder wie andere mit Hilfe ihrer handlichen Steigleitern sich senkrecht an den Hauswänden hocharbeiteten, im obersten Geschoß verschwanden, mit einem Paket unter dem Arm wieder erschienen, um aus schwindelnder Höhe im ausgebreiteten Sprungtuch zu landen. Dabei vergaß der »Schellebeck« sein ganzes Backprogramm. Ja, meist versuchte er anschließend noch, einen der Brandmeister ins Gespräch zu ziehen. Und dabei zeigte es sich immer, daß der Bäckermeister durchaus kein blutiger Laie, sondern, zumindest in der Theorie, besser beschlagen war als mancher Berufsfeuerwehrmann. Kein Wunder: Auf dem Vertiko in Schells guter Stube standen neben der Traubibel drei Fachbücher über Brandschutz. Außerdem lagen in einer Schublade sämtliche erreichbaren Nummern der »Zeitung für Feuerlöschwesen«. Tatsächlich hatte der »Schellebeck« diese kleine Bibliothek gründlich durchstudiert. In seinen Tagträumen vor dem Backofen nahm er es jederzeit mit dem »Brandjakob« auf, und für seine beiden Kinder war er unbestreitbar der größte Experte auf dem Gebiet der Brandbekämpfung, zumindest im Königreich Württemberg.

Gelegentlich fügte es sich, daß die Feuerwehr am späten Nachmittag oder an einem arbeitsfreien Tag alarmiert wurde. Dann packte Gottlieb Schell seinen Drahtesel und stand schon bereit, wenn die Wehr ausrückte. Zwar hatte es der »Brandjakob« gar nicht gerne, wenn Schaulustige hinterherfuhren. Der »Schellebeck« wurde mehrfach verwarnt, und als alles nichts fruchtete, sogar einmal zu einer Geldbuße von zehn Mark verdonnert, damals immerhin der Gegenwert von dreihundertdreiunddreißig Laugenbrezeln. Trotzdem sah man ihn immer wieder hinter der rauchenden Dampfspritze herfahren. Gerne hätte er dann am Brandplatz mit Hand angelegt; aber das war erst recht verboten. Auch übersah der »Brandjakob« den ungeliebten Zaungast geflissentlich.

Nur einmal kam es anders. Das war am 19. Januar des Jahres 1902, einem Sonntag. Der »Schellebeck« saß abends noch beim »Bühler«, einer beliebten Weinwirtschaft gegenüber der Brandwache, in der auch immer Feuerwehrmänner verkehrten. Plötzlich wurde Großalarm gegeben. Das bedeutete, daß auch die Reservefeuerwehr aufgeboten wurde, was nur bei einem wirklich ernsten Anlaß üblich war. In dieser Nacht kamen dann tatsächlich viele Bürger nicht mehr zur Ruhe. Wie ein Lauffeuer sprach es sich überall herum: »Das Hoftheater brennt lichterloh.« Glutrot färbte sich der Himmel in der klaren Winternacht. Und obwohl die Löschzüge rasch zur Stelle waren und das Gerät einwandfrei funktionierte, bald darauf sogar Militär eingesetzt wurde, konnte das Unheil nicht mehr gebannt werden. Es war der größte Brand seit Generationen. Ohnmächtig mußten die Stuttgarter – selbst König Wilhelm II. war herbeigeeilt – zusehen, wie ihr geliebtes Theater ein Raub der Flammen wurde.

In dieser Brandnacht strömten Tausende auf dem Schloßplatz zusammen. Die meisten waren gekommen, um ihre Neugier zu befriedigen, einige wenige auch, um zu helfen. Dazu gehörten die Weingärtner aus dem Bohnenviertel, die mit ihren Butten angerückt kamen, um ihre Dienste anzubieten. Aber der »Brandjakob« konnte sie nicht brauchen und schickte sie alle wieder nach Hause. Nur den »Schellebeck« ließ er einmal gewähren. Dieser hatte sich auf irgendeine Weise durch die Absperrkette der Soldaten hindurchgeschmuggelt und beteiligte sich an den Rettungsarbeiten. Zusammen mit einigen Leuten vom Theater versuchte er, die Requisiten aus dem Bühnenhaus herauszuholen. Später, als es nichts mehr zu retten gab, betätigte er sich an einem Pumpenschwengel. Stundenlang hielt der kräftige Mann durch und ließ sich weder von Qualm, Glut und Hitze noch von der Einsicht vertreiben, daß sein Eifer schließlich doch zu nichts führte. Erst bei Morgengrauen verließ er seinen Posten, mit dem Gefühl freudig erfüllter Pflicht, aber auch mit einem total verdorbenen Sonntagsanzug.

Für den »Schellebeck« kamen dann ein paar herbe Jahre. Er verlor seine einzige Tochter. Auch die Frau kränkelte und verfiel immer mehr. Im Frühjahr 1908 starb sie an der Schwindsucht. Da sein unmündiger Sohn sowie die Gesellen und Lehrbuben weiter versorgt sein wollten, auch eine Mithilfe im Laden dringend erforderlich war und sich der junge Witwer durchaus nicht zum Mönch geboren fühlte, ging er noch vor Ablauf des Trauerjahrs eine zweite Ehe ein.

Die Hochzeit wurde im Januar 1909 gefeiert. Am Tag darauf begab sich das Paar im neuen Sonntagsstaat auf die Hochzeitsreise. Mit dem Frühzug ging es nach München, wo man gegen zehn Uhr eintraf. Die neue Frau Schell mußte dort aber zu ihrem Leidwesen feststellen, daß ihr Mann keinerlei Sinn für die Schönheiten der Stadt besaß. Es hätte ja nicht unbedingt die Alte Pinakothek sein müssen! Aber die Frauenkirche und den Glaspalast hätte sie sich schon gerne angeschaut, und vielleicht auch noch die berühmte Bavaria. Doch aus all dem wurde so gut wie nichts.

Noch auf dem Hauptbahnhof erkundigte sich der »Schellebeck« beim nächsten Dienstmann nach der Münchener Hauptfeuerwache. Die sei in der Blumenstraße, wurde ihm bedeutet. Mit seiner widerstrebenden Gattin fragte er sich dann nach dem bezeichneten Ort durch. Eine halbe Stunde später war das Ziel seiner Reise vollends erreicht. Zum Entsetzen der ihm am Vortag Angetrauten stellte sich Gottlieb Schell auf der Wache als »Branddirektor Jacoby aus Stuttgart mit Frau« vor und ließ sich beim Kommandanten melden. Das war damals der Königliche Wirkliche Rat und Stadtbaurat Max Niedermayer, ein jovialer Bajuware, der seinen schwäbischen »Kollegen«, den er dem Namen nach kannte, herzlich willkommenhieß. Die beiden Herren waren sich, weil ungefähr gleich alt und von ähnlichem Naturell, sofort sympathisch. Auch schmeichelte es Niedermayer, daß der Gast aus Württemberg über die bayerischen Errungenschaften der Brandbekämpfung bestens informiert war.

Die Münchner Feuerwehr galt um die Jahrhundertwende unbestritten als besonders fortschrittlich. Sie war nicht nur, gemessen an der Mannschaftsstärke, weitaus die größte Wehr im süddeutschen Raum, sondern auch die modernste in der Fahrzeugausstattung. Während man in Stuttgart keinerlei Risiko eingehen wollte und daher lange an der Pferdebespannung festhielt, besaßen die Bayern damals bereits eine Reihe von Elektrowagen und dachten schon an die Anschaffung von Benzinfahrzeugen. Tatsächlich war im Jahr vor dem Ersten Weltkrieg, als die Stuttgarter Feuerwehr ihr erstes Automobil erhielt, in München die Umstellung auf die neuen, vollgummibereiften Motorfahrzeuge bereits abgeschlossen.

Hocherfreut über den »hohen« Besuch und dessen Interesse, führte der Münchner Branddirektor gerne seinen Fahrzeugpark vor. Währenddessen sprach man von den neuen Löschgeräten, die Magirus in Ulm herstellte, und von den Vorteilen der Konkurrenzerzeugnisse, Marke Metz, aus Karlsruhe. Und weil sich Schell keine Blöße gegeben, im Gegenteil Niedermayer an ihm immer mehr Gefallen gefunden hatte, schlug dieser dem Schwaben vor, eine Brandstellenübung zu veranstalten.

Unterdessen hatte die frischgebackene Frau Schell Höllenqualen zu erdulden. Wie ein aufgescheuchtes Huhn stand sie im Hintergrund, und es gelang Max Niedermayer nicht, die »gnädige Frau« mit ins Gespräch zu ziehen. Von Minute zu Minute befürchtete sie die Aufdeckung dieser peinlichen Hochstapelei, ja, im Geiste sah sie sich samt Gemahl schon in Handschellen abgeführt und in das nächste Polizeigefängnis eingeliefert.

Inzwischen war die Alarmglocke ertönt. Schell alias Jacoby zog seine silberne Uhr aus der Westentasche. Aber die Bayern standen den Württembergern an Tempo nicht nach. Im Gegenteil. Die Karren mit elektrischem Antrieb rollten schon nach einunddreißig Sekunden aus der Wagenhalle, während die Pferdefahrer noch mit dem Einschirren beschäftigt waren. Dann bekam der »Schellebeck« sogar das Kommando angeboten.

Das war der Augenblick, auf den er ein halbes Menschenleben lang gewartet hatte. Wie oft hatte er in der Stuttgarter Jakobstraße einem Probealarm beigewohnt und dabei in Gedanken als Kommandant die Befehle erteilt! Wie oft war er schon im Traum mit der Feuerwehr ausgerückt! So zögerte er keinen Augenblick. Er nahm das Angebot nicht nur freudig an, sondern genoß seine Rolle als Branddirektor sichtlich, während seine verängstigte Frau sich am liebsten ins nächste Rohr verkrochen hätte. Alle ihre Befürchtungen waren übrigens grundlos. Der Gatte spielte seinen Part ausgezeichnet. Er gab dem Löschzug absolut korrekte Befehle, verstand es, die einzelnen Trupps richtig einzusetzen, ließ die große Drehleiter für einen Löschangriff auf den »brennenden« Dachstuhl ausfahren und bekämpfte das »Feuer« erfolgreich aus allen Rohren. Als er endlich »Wasser halt!« gebot, beglückwünschte ihn Niedermayer zu seiner Leistung. Und weil es inzwischen höchste Zeit zum Mittagessen war, man sich aber noch so vieles zu sagen hatte, lud er das »Kollegenpaar« noch für den Abend zu einem Glas Bier in seine Wohnung ein.

In einer nahegelegenen Wirtschaft hielten die Hochzeiter aus dem Schwabenland ihre verspätete Mittagsrast, wobei sich Gottlieb Schell ungewöhnlich aufgeräumt gab, seine Frau dagegen eher bedrückt schien und auch keinen rechten Appetit zeigte. Zur Verdauung des nahrhaften Mahls und der reichen Erlebnisse schlug der Mann anschließend einen Spaziergang vor. Arm in Arm schlenderten die beiden in der milden Wintersonne durch die Isarauen. Von dort kehrten sie am Spätnachmittag in die Innenstadt zurück, wollte doch der »Schellebeck« noch das Theater besuchen. Niedermayer hatte ihm zu diesem Zweck ein kleines Empfehlungsschreiben für einen Herrn am Hoftheater mitgegeben. Der Bäckermeister aus Stuttgart hatte allerdings, trotz seines erfolgreichen Debüts als Branddirektor, nicht viel Sinn für die Schauspielkunst. Nein – ihn interessierten allein die Brandschutzeinrichtungen. Aus der »Zeitung für Feuerlöschwesen« wußte er von der Existenz besonderer Regenapparate, die der Münchner Hoftheaterinspektor Stehle erfunden hatte und die in allen Theatern der bayerischen Metropole eingebaut waren. Nun ließ sich aber beim Gang durch die beiden Hoftheater nicht umgehen, daß man außer Feuerlöschern, Sprinkleranlagen und Hydranten auch noch andere Theatereinrichtungen zu Gesicht bekam. Auch faßte der dem Ehepaar beigegebene Führer seine Aufgabe nicht so eng auf und wollte darüber hinaus der Gemahlin seines Gastes eine

Freude bereiten. So tat man auch einen Blick in die Königsloge und in den riesigen Zuschauerraum des Nationaltheaters. Und als der Begleiter es sich nicht nehmen ließ, sie auch noch in das Innere des von François de Cuvilliés geschaffenen Residenztheaters zu führen, einem Kleinod des deutschen Rokoko, da leuchteten die Augen der Julie Schell dankbar auf, während sich die Blicke des Gatten eher verdüsterten. Aber das blieb das einzige Mal an diesem Tag.

Allzu gerne wäre die Frau dann vollends in dem Gasthof geblieben, wo sich das Ehepaar gegen Abend einmietete, denn sie war rechtschaffen müde und hatte wahrlich genug Abenteuer erlebt. Aber Gottlieb Schell war nicht davon abzubringen, nochmals beim Branddirektor seine Aufwartung zu machen. Auch bestand er auf ihrer Begleitung.

Im vornehmen Hause Niedermayer wurden die beiden vom Feuerwehrkommandanten und seiner Frau freundlich willkommen geheißen. Bei einer Flasche Löwenbräu kamen die Herren auch bald wieder ins Fachsimpeln. Einige Schnäpse belebten die Stimmung. Man kam sich immer näher, und schließlich meldete sich der Münchner Branddirektor beim falschen Jacoby zu einem Gegenbesuch in Stuttgart an. Dieser zeigte recht wenig Begeisterung, aber nachdem die Männer schon recht tief ins Glas geschaut hatten, fiel das nicht weiter auf.

Indes nippten die beiden Frauen an einem Likör. Doch der Dame des Hauses wollte es einfach nicht gelingen, eine Unterhaltung in Gang zu bringen. Die Besucherin, sonst durchaus gewandt und auch gesprächig, wirkte in der noblen Umgebung unbeholfen und gab nur kurze Antworten. Auch fürchtete sie nach wie vor, entlarvt und an den Pranger gestellt zu werden.

Endlich gab man die Konversationsversuche ganz auf und hörte den Männern zu. So entging der Bäckersfrau nicht die Betroffenheit, die ihr Gatte zeigte, als Niedermayer von einer Fahrt nach Stuttgart sprach. Als sie deshalb kurz darauf zum Aufbruch drängte, machte Schell keine Schwierigkeiten, und Niedermayer tröstete sich mit einem baldigen Wiedersehen.

Der angekündigte Gegenbesuch in Stuttgart hat jedoch nie stattgefunden. Zwar drängte Max Niedermayer mehrmals, die Reise zu planen, aber seine Gemahlin widersetzte sich stets erfolgreich. Bei einer solch »bleeden Goaß«, betonte sie dann, setze sie keinen Fuß ins Haus. So wurde der Plan schließlich aufgegeben.

Einige Monate später wäre die Geschichte aber doch beinahe geplatzt. Auf dem Deutschen Feuerwehrtag 1909 in Nürnberg wurde nämlich der echte »Brandjakob« mit dem Münchner Branddirektor bekanntgemacht. Dabei fiel einem Beobachter auf, daß sich Max Niedermayer, entgegen seiner Art, sehr zurückhaltend verhielt und mit seinem Gegenüber nur wenige Worte wechselte. Offensichtlich fühlte er sich stark verunsichert, und das norddeutsche Idiom des Stuttgarter Kommandanten bestärkte ihn noch in seinem Mißtrauen.

Eigentlich wollte er hinterher der Sache nachgehen, aber er unterließ es dann doch, weil er zu der Überzeugung gekommen war, daß es sich um eine Verwechslung gehandelt haben mußte. Auf den Gedanken, in München einem Schwindler aufgesessen zu sein, ist er nie gekommen. Deshalb hat er den umgänglichen »Schellebeck« zeitlebens in bester Erinnerung behalten. Dem »Brandjakob« dagegen war das Verhalten seines Münchener Kollegen zwar auch merkwürdig vorgekommen, aber er führte es auf die angeborene Abneigung der Süddeutschen gegen die »Saupreißen« zurück, die ja an der Isar noch ausgeprägter ist als am Nesenbach.

Die Kronjuwelen

Jedes Jahr im Frühherbst wurden Frack und Zylinder unseres Familienoberhaupts ausgebürstet, für uns alle stets eine aufregende Sache, denn am nächsten Morgen sollte Vater beim Finanzminister seine Aufwartung machen. Als Oberbuchhalter der Besoldungskasse hatte er dem hohen Herrn die neuesten Unterlagen für den Staatshaushaltsplan zu überbringen. Mir hat das immer ungeheuer imponiert. Er war zwar nur ein mittlerer Beamter, aber für mich stellte er eine bedeutende Persönlichkeit dar. Nicht nur, daß er offenbar beim Minister ein- und ausging. In meinen Augen fungierte er darüber hinaus noch als eine Art königlicher Schatzmeister, besaß er doch die Schlüssel zu den Kronjuwelen.

Einmal besuchte ich ihn in seiner Kanzlei im Stockgebäude in der Stuttgarter Königstraße. Er hatte versprochen, mir an diesem Tag etwas ganz Besonderes zu zeigen, und führte mich dann auch gleich in einen Nebenraum, den ich bis dahin noch nie betreten hatte. An dessen Rückwand stand ein mächtiger, grauer Panzerschrank. Vater machte sich lange an dem Kombinationsschloß zu schaffen. Dann zog er einen Schlüssel hervor und öffnete damit die schwere Stahltür.

Ich stand wie geblendet. Im Innern des Tresors lag die Krone der württembergischen Könige aus Silber und Gold. Der Stirnreif war mit zwei Perlenreihen und unzähligen Brillanten besetzt, und an der Vorderseite leuchtete ein großer, kostbarer Diamant. Darüber erhoben sich acht schlanke, teuer verzierte Bügel, die im Oberteil den Reichsapfel und ein Diamantkreuz trugen. Lange verharrte ich in Schweigen und Staunen, bis Vater das Prunkstück wieder sorgsam verwahrte. Dabei erzählte er mir, wie die Revolutionäre zwanzig Jahr den König aus seiner Residenz vertrieben hatten, wie dieser drei Jahre darauf »an gebrochenem Herzen« gestorben war und daß der Trauerkondukt nach dem letzten Willen Wilhelms II. auf dem Weg vom Bebenhäuser Schloß zum alten Friedhof in Ludwigsburg die Hauptstadt umfahren mußte, weil die Stuttgarter dem König in schwerer Stunde nicht die Treue gehalten hatten.

Gut gelaunt spendierte mir mein alter Herr danach noch zehn Pfennig für eine Schneckennudel und nahm mir das Versprechen ab, mit dem Gesehenen nicht zu prahlen. Man konnte ja nie wissen!

Ich schwieg wie ein Grab. Denn solange nur mein Vater und ich um das »Versteck« wußten – so glaubte ich wenigstens –, bestand keine Gefahr. Und manche prophezeiten ja schon damals, der braune Spuk würde bald zu Ende gehen. Vielleicht, so hoffte ich, würde es eines Tages sogar wieder einen König geben.

Dieses Geheimnis beschäftigte mich Tag und Nacht. Einmal begegnete mir König Wilhelm auch im Traum. Ich erkannte ihn gleich, weil er seine zwei Spitzerhunde bei sich hatte. Er irrte in der Stadt umher und suchte seine Krone. Dann traf er mich; ich nahm ihn an der Hand und führte ihn ins Stockgebäude. Vater erwartete uns schon, lüftete den Zylinder, führte Majestät zum Safe und übergab Zepter und Krone unversehrt. Zu dritt spazierten wir zum Wilhelmspalais, und die beiden Hündlein wiesen uns den Weg. Dort angekommen, setzten wir die Krone auf den First des Palasts, damit alle Welt wußte, daß die Württemberger wieder ihren angestammten Herrn hatten. Und der König war nicht mehr böse auf seine Residenzler, sondern es war alles wie einst. Mir schenkte er einen echten Goldtaler, und meinen Vater ernannte er zum Oberhofmarschall.

Leider war dieser schöne Traum nur von kurzer Dauer, und als ich erwachte, gab es nur noch einen Wilhelm namens Murr – den württembergischen »Gauleiter« und »Reichsstatthalter«. Der war nun gewiß der unerfreulichste der schwäbischen Potentaten dieses Jahrhunderts und hat tatkräftig mitgeholfen, unser Land in die Katastrophe zu führen.

Auch der Kronschatz geriet bald darauf in Gefahr. Als 1942 über Stuttgart die ersten Bomben fielen, beschloß man die Auslagerung. Der schwere Stahlschrank wurde samt seinem wertvollen Inhalt auf einem Lastwagen nach Biberach verbracht, wobei mein Vater eskortieren mußte. Im Tresorraum der dortigen Kreissparkasse hatte man einen sicheren Platz ausgemacht. Und in der Folgezeit wurden die Pretiosen dann regelmäßig auf ihre Vollständigkeit überprüft. Sie haben dort alle Stürme des Krieges heil überdauert.

Ende April 1945 wurde der Amtmann Holm jedoch gewaltsam aller Verantwortung enthoben. Seine ins Oberland evakuierte Behörde hatte sich beim Herannahen der feindlichen Truppen aufgelöst, und der Mann machte sich mit dem Fahrrad auf den Weg zu Frau und Kindern. Aber er kam nicht einmal dazu, den Rest seines Kassenbestands in der nächsten Stadt zu deponieren. Schon nach einer halben Stunde stieß er auf eine französische Patrouille, die ihn seines Rads beraubte. Einige Kilometer weiter wurde der unfreiwillige Wanderer dann erneut gestellt. Man hielt ihn für einen verkappten Soldaten und transportierte ihn in ein Kriegsgefangenenlager nach Sigmaringen. Dort nahm man ihm seine schönen Stiefel ab und entdeckte dabei das versteckte Geld. Es wurde ihm gegen Quittung abgenommen. Weil dem Beamten aber niemand glauben wollte, daß er bis zuletzt Zivilist gewesen war, verbrachte man den Fünfundvierzigjährigen für volle zwei Jahre in ein Lager nach Frankreich.

Erst 1947 kehrte er zurück, ausgemergelt und krank. Bei der Entlassung präsentierte er seine alte Quittung. Und die Franzosen haben ihm – das war damals alles andere als selbstverständlich – tatsächlich das konfiszierte Geld wieder ausbezahlt, genau 863 Reichsmark und 96 Pfennig. Bei der Hauptkasse in Stuttgart war der Betrag längst als unwiederbringlich ausgebucht worden. Dafür erhielt der Heimkehrer dann ein Dankschreiben des Finanzministeriums. Daß es trotzdem mit seiner Wiedereinstellung nicht klappen wollte, steht auf einem anderen Blatt.

Doch über das Schicksal meines Vaters komme ich vom Thema ab. Was sich nach dem Zusammenbruch aller staatlichen Ordnung in Biberach alles abspielte, läßt sich heute nicht mehr klären. Auch bleibt unsicher, wer in der Zeit des Durcheinanders Zugang zu den Kronjuwelen besaß. Bei Siegern und Besiegten fielen ja damals die moralischen Schranken, und es gab so viele, die im Trüben fischten. Manches ging daher für immer verloren.

Der württembergische Kronschatz ist glücklicherweise wieder aufgetaucht. Im März 1948 wurde er von der französischen Besatzungsmacht feierlich der Landesregierung in Stuttgart zurückerstattet. Die Sache hatte nur einen kleinen Schönheitsfehler. Das Mittelstück vom Diadem der Königin mit dem größten Diamanten fehlte ebenso wie die vier mit Brillanten besetzten Ringe des Zepters. Alle diesbezüglichen Nachforschungen waren vergebens. Von den fehlenden Stücken ist nie mehr etwas aufgetaucht.

Mit Hilfe der vorhandenen Abbildungen war es aber möglich, Diadem und Zepter wieder originalgetreu zu restaurieren. Heute sind die Kronjuwelen in der Schatzkammer des Stuttgarter Alten Schlosses ausgestellt – hinter Panzerglas. Jeder kann sich diese Herrlichkeiten anschauen, und niemand erfährt, daß daran nicht mehr alles echt ist.

Wo aber mögen die abhanden gekommenen Edelsteine geblieben sein? Vor meinem geistigen Auge sehe ich eine alte Matrone. Was für eine Sprache sie spricht, läßt sich nicht ausmachen. In einer Schmuckschatulle hält sie ein kostbares Kollier verborgen. Sie weiß um seine Herkunft. Ihr Mann, der mit den Verhältnissen in Oberschwaben recht gut vertraut war, hatte ihr das wertvolle Geschmeide einmal zum Hochzeitstag anfertigen lassen. Aber die alte Dame hat diese Kette nur selten getragen und nie eine rechte Freude daran gehabt; denn niemand darf wissen, daß die Steine echt sind und woher sie stammen.

Ritt ins Moor

Viele Leute wunderten sich, daß Thomas als Neunzehnjähriger immer noch mit den betagten Eltern in Urlaub fuhr, sogar schon das fünfte Jahr hintereinander, und ausgerechnet nach Oberschwaben, in das langweilige Nest Altenried. Aber das hing mit seiner großen Liebe zu Pferden zusammen. Denn während der Mann im Moorbad ein altes Kriegsleiden kurierte und die Frau eine Linderung ihrer Arthrose suchte, sah man den Sohn die ganzen drei Wochen fast nur auf dem benachbarten Gestüt der Grafen von Grandfort.

Thomas war richtig vernarrt in die edlen Tiere, und das mußte ihm schon in die Wiege gelegt worden sein. Sein alter Herr sprach scherzhaft von einem fortgeschrittenen Stadium der Hippomanie, hatte ihn aber immer gewährten lassen, wohingegen die Mutter, die vor jeglicher Art von hohen Tieren heillosen Respekt empfand, wahre Todesängste ausstand, wenn ihr Sohn sich ganz unbekümmert so einem riesenhaften Vierbeiner nahte.

Doch sie war machtlos dagegen. Schon als Abc-Schütze hatte Thomas als jüngstes Mitglied des Reitvereins im Voltigieren geglänzt, und mit zwölf hatte er sich fast jeden Nachmittag in den Ställen nützlich gemacht, wobei es ihm genügte, wenn er zur Belohnung mit Pascha, einem gutmütigen, zwanzigjährigen Apfelschimmel, einige Runden ziehen durfte. Selbst ein böser Unfall zwei Jahre später hatte ihn nicht von dieser unstillbaren Leidenschaft zu heilen vermocht. Im Gegenteil.

In Bad Altenried, wo sich der Patient damals nach einem dreimonatigen Krankenhausaufenthalt erholen sollte, hatte es ihm von Anfang an der Gestütshof angetan, und allein deshalb wurde der Kurort fortan als Sommerfrische erkoren. Im Sommer darauf schloß der wieder Genesene Freundschaft mit Sebastian, einem der Bereiter, und von da an sah man ihn nahezu täglich bei den Pferden des Grafen, nicht nur beim Ausmisten, sondern auch beim Füttern und Putzen und bald auch beim Ausreiten. Anfangs gab man ihm nur Helma, eine folgsame Stute, oder einen von den beiden braven Wallachen; doch in den nächsten Ferien konnte man ihm auch Habakuk anvertrauen, einen ziemlich ungebärdigen Hengst.

Im dritten Jahr, als Sebastian einmal für drei Tage weg mußte, war Thomas sogar ganz für den Freund eingesprungen und hatte dessen Aufgaben zur vollen Zufriedenheit des Stallmeisters erfüllt. So war es gekommen, daß man dem reitbegeisterten Abiturienten heuer eine vierzehntägige Aushilfstätigkeit als herrschaftlicher Bereiter angeboten und dabei sogar zweihundert Mark Taschengeld in Aussicht gestellt hatte.

Der Stallmeister hatte ihn am ersten Tag dieser Urlaubsvertretung nochmals in seine Pflichten eingewiesen und ihm auch Anweisungen für die Ausritte gegeben. Besonders in Acht nehmen sollte er sich vor Anton, dem Feldschützen, dessen Aufgabe darin bestand, die Kurgäste vor den Belästigungen jugendlicher Zweiradfahrer zu bewahren und darüber zu wachen, daß sich die Reiter nur auf den vorgeschriebenen Wegen bewegten. Dieser Gemeindeangestellte, der sein Amt meist hoch zu Roß auf einem stattlichen Rappen versah, hatte früher als Turnierreiter zum gräflichen Personal gezählt, dann aber nach einer Auseinandersetzung mit dem jungen Herrn seinen Dienst quittieren müssen. Seitdem war er dem Haus derer von Grandfort nicht mehr grün, sondern ahndete auch den kleinsten Verstoß von Herrschaft und Gesinde mit saftigen Geldstrafen.

Thomas gelobte, alles genau zu beachten und war auch fest entschlossen dazu, wollte er doch den interessanten Job nicht leichtfertig aufs Spiel setzen. Vielmehr nahm er es in diesem Jahr mit seinen Aufgaben besonders genau, so daß seinen Pfleglingen nichts abging. Alles war in tadelloser Ordnung, und auch an der Erscheinung des neuen Bereiters gab es nichts auszusetzen.

Bei den Ausritten verhielt er sich ebenso pflichtbewußt. Er scheute weder Wind noch Wetter, mied dabei die gefährlichen Autostraßen ebenso wie die verbotenen Spazierwege und wäre auch nie auf den Gedanken gekommen, einfach über die grünen Fluren zu traben. Notgedrungen hielt er sich also an die unbequemen Wirtschaftswege, die man in der letzten Zeit fast alle geschottert oder geteert hatte, denn ausgerechnet die schattigen Alleen und alle Strecken durchs Ried, die mit ihrem natürlichen Untergrund eine Wohltat für Tier und Reiter bedeutet hätten, waren durch Verbotsschilder markiert.

Jedesmal, wenn er an der Tafel »Fußweg nach Sternmoos« vorbeikam, spürte er eine leise Versuchung. Das wäre der ideale Reitweg gewesen. Auf federndem Torfboden führte er, gesäumt von Kiefern und Birken, zwei Kilometer fast schnurgerade durch den Wald, durchschnitt auch einen Zipfel des bekannten Naturschutzgebiets mit seltenen Beständen von Wollgräsern und Moorglöckchen. Schon der Gedanke daran ließ jedes Reiterherz höher schlagen. Doch der Junge widerstand der Verlockung, weil er wußte, daß Anton jederzeit auftauchen konnte und ein Zuwiderhandeln unweigerlich ein Strafmandat sowie den Verlust der mühsam erworbenen Vertrauensstellung nach sich gezogen hätte.

Aber dann erlag Thomas doch der Anfechtung. Es war am Freitag der zweiten Woche. Schon der

Morgen war recht diesig gewesen, und anstatt aufzuheitern, hatte sich der Himmel immer mehr zugezogen, so daß man schließlich keine fünfzig Meter weit sehen konnte. Der Bursche war dennoch ausgeritten wie immer, etwas unlustiger zwar, aber nicht minder pflichteifrig. Als er diesmal an die Gabelung kam, wo sein Traumpfad nach Sternmoos abzweigte, kannte er plötzlich kein Zurück mehr. Vielleicht war es auch Habakuk gewesen, der den ersten verbotenen Schritt getan hatte. Jedenfalls befanden sich Pferd und Reiter plötzlich auf dem herrlichen Weg mit dem samtweichen Untergrund. Der Hengst fiel wie von selbst in Trab, und der junge Mann kostete die Minuten weidlich aus, zumal er bei diesem Hundewetter sicher sein konnte, keiner Seele zu begegnen.

Doch kurz danach geschah doch das Unerwartete. Als Thomas vorsichtig im Schritt die Straße nach Herrenwies überquerte, bemerkte er seitwärts im Nebel ganz deutlich einen großen schwarzen Schatten, auf dem sich, etwas unklarer noch, eine Gestalt mit Schildmütze abhob. Dem Frevler stockte das Herz. Aber ebenso rasch hatte er sich wieder gefaßt und ließ seinen Hengst in Galopp fallen, in der vagen Hoffnung, daß der Hüter des Gesetzes weder etwas gesehen noch etwas gehört hatte. Sonst hätte er ihn doch wohl angerufen.

Voller Unruhe setzte der Sünder seinen schnellen Ritt fort, wohl ahnend, daß ihn der andere innerhalb kürzester Frist einholen würde. Anfangs vermeinte er auch, gedämpftes Hufgetrappel hinter sich zu vernehmen. Aber womöglich war das nur Einbildung gewesen, denn als er den Wald durchritten hatte und die Ortschaft vor ihm auftauchte, bemerkte er niemand mehr hinter sich. Und er hütete sich wohlweislich, den gefährlichen Pfad zurückzureiten, sondern benutzte lieber die harte Landstraße. So verlor er zwar eine geschlagene Stunde, kehrte aber wenigstens unbehelligt auf den Altenrieter Gestütshof zurück.

Der Stallmeister hatte von alledem nichts mitbekommen, aber Thomas blieb beunruhigt, auch wenn sich den ganzen Nachmittag nichts besonderes ereignete. Abends wollte er es dann genau wissen und ging in den »Hirsch«, wo der Flurhüter erfahrungsgemäß anzutreffen war. Falls er aber wirklich gedacht haben sollte, unentdeckt geblieben zu sein, so wurde er dort eines anderen belehrt. Anton kam, sobald er des Burschen ansichtig geworden war, an den Tisch und sagte ihm auf den Kopf zu, daß er widerrechtlich durchs Moor geritten sei. Damit war alles aus. Der Junge sah keinerlei Möglichkeit, irgend etwas abzustreiten. Folglich würde er seine Stelle verlieren und sich eine andere Ferienarbeit suchen müssen. Wenn es der Grüne nur einigermaßen gnädig machte!

Dieser hatte inzwischen sein Glas geholt, den Block mit den Strafzetteln neben sich gelegt und begann, den Delinquenten zu verhören. Dabei ließ er ihn mitleidlos zappeln, er kam vom Hundertsten ins Tausendste und bestellte sogar noch eine weitere Halbe, was die Verhandlung noch mehr in die Länge zog, andererseits aber auch zur Entspannung der Situation beitrug. Denn unversehens war aus der amtlichen Vernehmung eine lockere Unterhaltung, bald sogar ein freundschaftliches Fachsimpeln geworden, und als Anton schließlich in das vertraulichere Du verfiel, da wußte der Missetäter, daß er am Ende doch mit einem blauen Auge davonkommen würde. War der Flurhüter anfangs von hundert Mark Strafe ausgegangen, so hatte er sich letztlich auf zwanzig erweichen lassen. Ja, sinnierte er, nachdem Thomas eine neue Runde hatte auffahren lassen, wenn man bedenke, daß eigentlich niemand ein Schaden erwachsen und auch kein Kurgast belästigt worden sei, könne man es eigentlich bei einer mündlichen Verwarnung bewenden lassen, von welcher, so bekräftigte er nach einem weiteren tiefen Schluck, der Stallmeister übrigens gar nichts zu erfahren brauche.

Dabei blieb es tatsächlich. Es war beinahe Mitternacht, als sich die beiden endlich trennten. Soviel hatten sie sich noch zu erzählen gewußt. Aber beim Abschied kam der Feldschütz doch noch einmal auf die ausgestandene Affäre zurück. »Woisch«, meinte er zum Schluß, »eigentlich ben i dir sogar arg dankbar.« Und als Thomas ungläubig dreinblickte, erklärte er seinem neuen Duzfreund, daß er schon oft im Moor vergeblich einem Rechtsbrecher aufgelauert habe. Aber bis auf diesen Tag sei ihm kein Erfolg beschieden gewesen. Es habe ihn nämlich schon lange gelockt, einmal den Moorweg abzureiten, was natürlich für ihn als Amtsperson nie in Frage gekommen wäre, es sei denn, er hätte, wie heute, so einen Strolch auf frischer Tat ertappt. Dem habe er natürlich pflichtgemäß nachsetzen müssen, ihn auch bald in Blickweite gehabt, dann aber doch darauf verzichtet, ihn zu stellen, denn er sei seiner ja ohnehin sicher gewesen. So habe er es vorgezogen, den prachtvollen Weg noch einmal genüßlich zurückzureiten.

Kartoffellegende

Als der König vor der Scheune, welche ihm an diesem Abend als Nachtquartier dienen sollte, aus dem Sattel stieg, fiel sein Blick auf einen Kartoffelacker. Es war in Briesen, einem kleinen Pfarrdorf des Kreises Lebus, mitten im Siebenjährigen Krieg. Man schrieb den 17. August 1759, und die preußische Armee befand sich auf dem Rückzug nach Fürstenwalde. Fünf Tage zuvor hatte sie in Kunersdorf eine vernichtende Niederlage einstecken müssen. Für Friedrich waren es lange, verzweifelte Stunden der Apathie und der Resignation gewesen. Nun aber schienen seine Lebensgeister wieder erwacht. Er ging die paar Schritte bis zum Feldrand, bemerkte erfreut, wie gut alle Stöcke standen, und er erinnerte sich wieder seiner vielen Bemühungen, den Anbau von Kartoffeln in seinen Landen zu propagieren, aber auch der mäßigen Gegenliebe, die er damit bei seinen Bauern gefunden hatte. Gerade in dieser Gegend war der Widerstand besonders stark gewesen.

Verwundert und interessiert befahl seine Majestät, genauere Erkundigungen einzuziehen. Der Briesener Landwirt, so wurde ihm alsbald vermeldet, stamme samt seinem Weibe von Pfälzer Einwanderern ab, welche die neue Hackfrucht schon in ihrer rheinischen Heimat gekannt und bereits vor Jahren selbst nach Brandenburg importiert hätten. Der König zeigte sich beeindruckt und ließ dem tüchtigen Kartoffelpionier einen Friedrichsdor überreichen. Dessen Frau aber erbot sich selbigenabends, ob der allerhöchsten Gnade hocherfreut und geehrt, dem hohen Gast noch ein besonderes Gericht zuzubereiten. Sie hatte ein altes süddeutsches Kochrezept, Küchle in heißem Fett zu backen, abgewandelt. Statt eines Mehlteigs verwandte sie kleine, geschälte, rohe Kartoffeln, die sie, viergeteilt, in das siedende Schmalz gab. Diese gebratenen Kartoffelschnitze, leicht mit Salz bestreut und zu einem Krug dunklen Biers kredenzt, mundeten dem Landesherrn so vortrefflich, daß er noch eine weitere Portion verlangte. Dabei hellte sich seine Miene zusehends auf. Nach den Anspannungen der letzten Woche machte der so schwer Geschlagene, der noch kurz zuvor Selbstmordabsichten geäußert hatte, zum erstenmal einen gelösteren Eindruck.

Doch der Kampf sollte sich noch so manches Jahr hinziehen, und Friedrich der Große fand während der nächsten Feldzüge selten Gelegenheit, sich den Tafelfreuden hinzugeben. Wenn er aber einmal im weiteren Verlauf des Siebenjährigen Krieges irgendwo für längere Zeit Station machte, dann verlangte er immer wieder nach diesen »Briesener Kartoffeln«. So wurde das neue Rezept in weiteren Kreisen bekannt.

Zugleich verbesserten die Köche das Gericht immer mehr. Sie schnitten die Kartoffeln zu feinen Stiften und bereiteten sie in Olivenöl. Als »pommes de terre à la Frédéric« wurden sie nach dem Hubertusburger Frieden im Berliner Schloß und an der Tafel von Sanssouci, aber auch bald an anderen deutschen Fürstenhöfen serviert.

Jedoch das Küchenpersonal, welches sich nicht in gewähltem Französisch auszudrücken verstand, vereinfachte die unverständliche Bezeichnung des königlichen Küchenmeisters für die neue Leibspeise des Alten Fritz schnell zu einem populären »Pommfritz«. Unter diesem Namen fand das leckere Kartoffelgericht auch Eingang bei den niederen Ständen, geriet aber unerklärlicherweise später in Deutschland wieder in Vergessenheit.

Noch in den sechziger Jahren des achtzehnten Jahrhunderts wurde die Kartoffel auch in Frankreich allgemein bekannt. Antoine Augustin Parmentier, ein berühmter Wissenschaftler, der während des Krieges im Hannoverschen stationiert gewesen war, trug durch eine preisgekrönte Arbeit viel zu ihrer Verbreitung bei. Auch die preußische Art ihrer Zubereitung und den Namen dafür soll er bereits gekannt und weitergegeben haben. Jedenfalls schätzte man diese »pommes Fritz« schon unter Ludwig XVI., nicht nur am Hofe von Versailles, sondern auch beim übrigen Adel, dem Klerus und der Bourgeoisie, im vorigen Jahrhundert sogar bei einfachen Bürgern und Bauern.

Nur ging das Andenken an den Alten Fritz nach seinem Tode, und das besonders in Frankreich, immer mehr verloren. Zwar existiert das Wort Fritz in der welschen Sprache noch heute und bezeichnet den Deutschen im allgemeinen und den Preußen im besonderen. Doch mit »pommes Fritz« verbanden die Franzosen bald eine ganz andere Vorstellung. Nicht ohne innere Logik verwechselten sie den Rufnamen des großen Königs mit »frit«, ihrem Wort für »gebraten«, so daß die köstlichen fritierten Kartoffeln bald nach der Revolution nur noch als »pommes frites« auf den Tisch kamen. Unter dieser neuen Bezeichnung wurden sie viele Jahrzehnte später von deutschen Köchen in Frankreich wiederentdeckt. Seitdem gelten sie als eine typisch französische Beilage, obwohl es sich doch eigentlich um eine preußische Errungenschaft handelt, eine der wenigen übrigens, die noch nach zweihundert Jahren beiderseits des Rheins gleichermaßen geschätzt werden.

Gasthofbesuch

So, hot's gschmeckt?« erkundigte sich die adrette Serviermaid in der renommierten Wirtschaft, als sie bei dem älteren Herrn am Nebentisch abzuräumen begann. »Noi«, entgegnete der ohne jede Scheu und so vernehmlich, daß der halbe Saal aufhorchte, »d' Supp war kalt, 's Floisch zäh und d' Spätzle z'wenig.«

Meine Frau fand diese Offenheit unerhört. Ihr tat die blaß gewordene Kellnerin leid, doch mir imponierte der couragierte Tischnachbar, hatte er doch nur ausgesprochen, was sich viele aus falsch verstandener Höflichkeit nicht zu sagen getrauten.

Das Mädchen war inzwischen hinter der Theke verschwunden, und aus der Küche vernahm man jetzt einen lautstarken Disput. Derweilen saß der unzufriedene Gast verdrossen da und leerte sein Viertele. Die andern aber hatten nun ein Thema, und es dauerte lange, bis sich die Gemüter wieder beruhigt hatten.

Mitten in der allgemeinen Diskussion gab es dann eine große Überraschung. Die Bedienung erschien erneut, und diesmal mit einem Silbertablett, das für den enttäuschten Zecher bestimmt war. Darauf lag – wir konnten es von nebenan gut erkennen – ein köstliches Filetstück in einer Soße, die bis zu uns herüberduftete. Und dazu gab es noch einen Berg goldgelber, frisch geschabter Spätzle. Die Miene unseres Nachbarn begann sich aufzuhellen. Genüßlich und wie selbstverständlich machte er sich daran, den unverhofften Segen zu vertilgen. Und was manche für unmöglich gehalten hatten, wurde wahr: Er schaffte auch noch diese Riesenportion. »So, jetzt war's recht!« lobte er am Schluß und gab der Kellnerin ein saftiges Trinkgeld.

Dann begann der tüchtige Esser sichtbar aufzutauen. Befriedigt entzündete er eine Zigarre. Eine zustimmende Bemerkung von mir nahm er sogar als Aufforderung, sich an unseren Tisch zu setzen. In aufgeräumter Stimmung fing er dann an, von seinen Wirtshauserfahrungen zu berichten. Ja, früher, so erzählte er, habe er auch nie gewagt, den Mund aufzumachen und daher viel Lehrgeld zahlen müssen. Sein gastronomisches Schlüsselerlebnis hatte er schon mit 17 Jahren gehabt: Kurz nach dem Krieg – die Rationierung war gerade aufgehoben – machte er mit einem Schulkameraden eine Radwanderung an den Bodensee. Es war gleich am ersten Tag und eine lange Etappe. Ihr Vesper hatten die beiden längst aufgezehrt und auch die

Feldflaschen bereits geleert. Daher beschlossen sie, im nächsten Städtchen einzukehren.

Der Gasthof in Meßkirch machte keinen schlechten Eindruck, und auch die Speisekarte sah vielversprechend aus. Die zwei hungrigen Radfahrer entschieden sich für Schweinebraten samt Beilagen zu zwei fünfundachtzig.

Sie mußten nicht lange warten. Schon nach wenigen Minuten wurde der Tisch gedeckt, und bald darauf erschien auch der Ober mit dem ersten Gericht. Es war eine schöne Portion, wie man sie nicht überall erwarten durfte: zwei dicke Scheiben Fleisch, auch ausreichend Nudeln und genügend Salat dazu. Er möge doch schon anfangen, meinte der Freund, sein Essen komme sicher auch gleich.

Der andere ließ sich das nicht zweimal sagen und langte kräftig zu, während der Gefährte von Zeit zu Zeit an seiner Limonade nippte und die Vorfreude genoß. Doch allmählich schlug diese in Ärger um. Denn als der Kamerad die Platten geputzt hatte, saß er immer noch hungrig da.

Schließlich winkte er dem Kellner. Dieser kam eilfertig: »Die Herren wollen bezahlen?«

»Nein«, protestierte der bisher zu kurz Gekommene. Er warte ja immer noch auf sein Essen.

Doch der Ober zuckte nur mit den Schultern – und erklärte ihm, daß Essen sei für zwei Personen bestimmt gewesen. Da half dann auch kein Aufbegehren und kein Lamentieren. Sie mußten die Zeche begleichen, und da war keine mitleidige Seele, die dem armen Kerl etwas zugesteckt hätte, so daß dieser am Ende seinen knurrenden Magen mit ein paar Laugenbrezeln aus der nächsten Bäckerei beruhigen mußte.

»Seitdem«, so schloß unser gesprächiger Tischgast, »mach i ’s Maul auf ond bschdell au nia meh ’s gleiche wia mei Nochbor.«

Hutkauf

Es gab einmal eine Zeit, und so lange ist das noch gar nicht her, da wäre sich eine weibliche Person mit unbedecktem Haupt nur halb angezogen vorgekommen. Ja, ein Hut galt damals sogar als eines der wichtigsten Statussymbole. Während heutzutage manche Frauen mit teuren Nerzmänteln protzen, schicke Zweitwagen zur Schau stellen oder sich mit ihren Urlaubserlebnissen zu übertrumpfen versuchen, spielte sich dieser Konkurrenzkampf vor dem Krieg noch auf einer viel niedrigeren Ebene ab.

»Jetzt hot se scho wieder en neie Huat!« hörte ich meine Mutter deutlich verstimmt und nicht ohne Neid von der Frau Röhm im zweiten Stock sagen. Abermals hatte sie sich von der Nachbarin ausgestochen gefühlt, und die Freude an ihrem eigenen blauen Frühjahrshut, in dem sie sich so gut gefiel und den die Modistin erst unlängst neu aufgearbeitet und mit einem samtenen Band sowie einer exotischen Feder geschmückt hatte, war ihr wieder einmal vergällt. So ging das jahrelang. Erst im Krieg normalisierten sich die Beziehungen, und als er vorbei war, kamen solche Rivalitäten nicht mehr auf; nicht, weil die Damen weiser geworden waren, sondern weil sich in den Jahren, da Millionen zwangsweise mit staatlich verordneten Kopfbedeckungen ausgestattet wurden – die Männer mit grünen Feldschützenmützen oder massiven Deckeln aus feldgrau gestrichenem Kruppstahl, die »Maiden« mit häßlichen Einheitsprodukten aus braunem Lodenfilz –, die Hutmode ziemlich überlebt hatte.

Seinerzeit, als man dem Beruf der Putzmacherin noch eine Zukunft gab, kannte ich in Feuerbach den Albert Neuhaus, einen gelernten Zimmermann, der später die Staatsbauschule besucht hatte. Wegen seines soliden handwerklichen Könnens und seines sicheren Urteils war er ein gesuchter Architekt. Auch seine Frau Erna, von ihm zärtlich »Mandesle« genannt, war im Ort eine bekannte Erscheinung. Man sah sie stets geschmackvoll gekleidet, und sie schien über einen unerschöpflichen Fundus an Hüten zu verfügen.

Während nämlich andere Ehemänner, sofern sie galant geblieben waren, ihrer Angetrauten ab und zu einen Blumenstrauß verehrten, brachte Albert der teuren Gattin wiederholt einen Hut mit. Und weil er sich bei der Auswahl größte Mühe gab, war Frau Neuhaus damit auch immer gut bedient. Gelegentlich betrachtete sie die Modeschöpfungen zwar nicht ohne eine gewisse Skepsis, doch nachdem ihr der Mustergatte genau auseinandergesetzt hatte, wofür der neue Kopfschmuck bestimmt war – für das graue Reisekostüm, den neuen Frühjahrsmantel oder das bunte Sommerkleid –, glätteten sich ihre Züge regelmäßig wieder. Bald darauf sah man sie vergnügt vor dem Spiegel sitzen, denn noch jedesmal hatte sich herausgestellt, daß der Gute ihren Geschmack nicht besser hätte treffen können. Dafür erhielt er dann auch immer einen herzhaften Kuß.

Seinen engsten Freunden hat Albert einmal verraten, wie es sich mit seinen Hutkäufen verhielt. Er pflegte sich in der Abteilung für Damenhüte eines Kaufhauses einzudecken. Dort war er seit langem gut bekannt, erschien er doch alle paar Monate einmal, griff sich mit geübtem Blick eine ganze Reihe der modernsten Kreationen und ließ sich dann genüßlich vor dem Spiegel nieder. Dann kam das, worüber das Personal nur heimlich lachen durfte – die Anprobe. Behutsam setzte der merkwürdige Käufer ein Modell nach dem anderen auf sein rötliches Haupt und prüfte es minutenlang von allen Seiten. Manche von denen, die ihm dabei verstohlen zusahen, mochten bei dem Mann mit dem sommersprossigen Jungengesicht eine gewisse Neigung ausmachen, doch Albert focht das wenig an. Mit seiner schöpferischen Phantasie erkannte er in dem Spiegelbild sein geliebtes »Mandesle« in ihrer neuesten Toilette und lächelte selbstzufrieden vor sich hin. Nachdem er schließlich, ohne jemals eine Beratung in Anspruch genommen zu haben, seine Wahl getroffen hatte, schritt er zur Kasse und bezahlte ohne mit der Wimper zu zucken auch den stolzesten Preis. Und weil nachher nie jemand erschien, um einen Umtauschwunsch zu äußern, wurde man aus dem seltsamen Kunden lange nicht klug.

Nur ein einziges Mal war die Ehefrau mit dem Angebinde nicht einverstanden gewesen. Für das schöne dunkelgrüne Abendkleid, das sie bei der »Turandot«-Aufführung im Großen Haus des Staatstheaters tragen wollte, hatte ihr der Gemahl wieder einmal den passenden Hut besorgt. Er war aus schwarzem Chiffon, hatte immerhin sechsunddreißig Mark gekostet und mußte ihr, das hatte Albert im Gefühl, entzückend stehen. Doch diesmal war die Gattin nicht zu überzeugen. Sie ließ sich den Kassenzettel aushändigen und fuhr gleich am nächsten Vormittag ins Kaufhaus nach Stuttgart. Die Abteilungsleiterin zeigte sich gleichermaßen überrascht und erfreut, ihre beste Kundin nach dem siebzehnten Hutkauf einmal persönlich kennenzulernen, und setzte alles in Bewegung, um deren Wünschen gerecht zu werden. Es wurde eine schwierige Prozedur, und sie dauerte mehr als eine volle Stunde. Die Mädchen schleppten mehrere Dutzend der verschiedensten Exemplare heran, jedes auf seine Weise schön, aber letztlich doch nicht ganz das richtige. Dazwischen probierte Frau Neuhaus einmal wieder die schwarze Chiffonkreation, und merkwürdig – so ganz unmöglich erschien sie ihr plötzlich nicht mehr. Als die Verkäuferin gar einflocht, gerade bei diesem Kauf habe sie eigentlich keine Probleme gesehen, wurde sie erst recht wankend. Das duftige Gebilde gefiel ihr von Minute zu Minute besser und kam endlich doch wieder in die engere Wahl. Und zum Schluß – Sie haben es längst geahnt – verließ die Frau das Geschäft wieder mit dem Sechsunddreißig-Mark-Hut.

Nach diesem vertanen Morgen reichte es nur noch zu einem mageren Mittagessen. Aber der Mann nahm ohne Murren damit vorlieb. Auch war er klug genug, keinerlei Triumphgefühle zu zeigen. So gab es zum Nachtisch eine lange Versöhnung, und Albert durfte die Hüte seiner Frau weiterhin allein besorgen.

Staatsexamen

Der Kandidat war aufgeregt. Kein Wunder, war er doch einer der ersten, die in Slawistik geprüft wurden, nachdem der Fachbereich erst wenige Jahre zuvor an der Universität im Herzen des Schwabenlands eingerichtet worden war.

Es ging also um russische Literatur und Grammatik. Unser junger Mann hatte sich monatelang gründlich vorbereitet. Zwar fühlte er sich im Kirchenslawischen noch nicht ganz sattelfest, aber sonst war er, das hatten die letzten Klausuren bewiesen, einigermaßen beschlagen. Dennoch plagten ihn böse Vorahnungen. Seine Kommilitonen dagegen hatten schulterklopfend gemeint, es werde schon klappen, habe er doch das Examen in Englisch auch glücklich hinter sich gebracht und sogar mit »gut« bestanden. Aber damals hatten sie ihm ja auch so manchen wertvollen Tip mitgeben können. Man wußte um die Eigenheiten der Prüfenden und kannte deren jeweiliges Steckenpferd. Im Russischen aber gab es noch keine

Verhaltensmuster, da fühlte er sich als Versuchskaninchen.

Nun war sein Professor bestimmt kein Unmensch, und auch der Beisitzer, ein Assistent vom Seminar, schien ihm gewogen. Doch der Prüfungsvorsitzende, ein Regierungsdirektor vom Ministerium, galt als scharfer Hund. Das wußte man von den Examen in Französisch und Geschichte, die er schon abgenommen hatte. Und wenn der in die Prüfung eingriff, dann war er erledigt.

Nun saß der Student den dreien gegenüber. Sein Professor hatte ihm aufmunternd zugenickt, der Beisitzer freundlich gelächelt. Von dem Gestrengen war nur ein unverständliches Brummen zu vernehmen gewesen, das der Kandidat kaum als Gruß, sondern eher als schlechtes Omen deutete. Dann blickte der Herr durch seine randlose Brille unbeweglich auf das Prüfungsblatt. Es war ein Text von Lermontow, nicht ganz leicht, aber eigentlich zu schaffen. In der gelockerten Atmosphäre des Seminars hätte der Prüfling kaum Schwierigkeiten damit gehabt, aber jetzt, im Examen, war er unsicher geworden, galt es doch, jede sprachliche Feinheit herauszuarbeiten. Und er spürte genau, wie der Vorsitzende ihn fixierte und, auch wenn er selbst nicht in die Prüfung eingriff, doch jede kleine Unebenheit registrierte.

Es nützte wenig, daß der Prüfer um so mehr Wohlwollen ausstrahlte. Einmal stolperte der Unglücksrabe sogar über eine einfache Partizipialkonstruktion, und das machte ihn noch unsicherer, so daß sich schließlich die Fehler häuften und er sich schon verloren sah.

Doch plötzlich erhellte ein Lächeln seine Züge. Es war, als ob seine Angst von einer Sekunde zur andern verschwunden wäre und das gefürchtete Gegenüber gar nicht mehr existierte. Mit einem Schlag übersetzte er gewandt und fehlerfrei, ja er wurde immer sicherer und fand da und dort sogar eine treffende Wendung, die der Professor sichtbar beifällig zur Kenntnis nahm. Das neugewonnene Selbstbewußtsein verließ den Kandidaten auch nicht, als er später einige sprachgeschichtliche Erläuterungen zu geben hatte, zumal es ihm der Prüfer leicht machte und nur Probleme aufgriff, die er in seiner letzten Vorlesung behandelt hatte. So verlief die letzte halbe Stunde der Prüfung mehr als erfreulich, und als die Zeit um war, da wußte der junge Mann, noch ehe die Kommission beraten und ihm der Ministerialbeamte gratuliert hatte, daß die Hürde genommen war.

Bleibt noch zu ergründen, was dem Kandidaten mitten im Prüfungsgeschehen Mut und Selbstvertrauen zurückgegeben hatte. Bei der Examensfeier hat er das Geheimnis gelüftet. Schon den sicheren Mißerfolg vor Augen, hatte er plötzlich entdeckt, daß es mit den russischen Sprachkenntnissen des Vorsitzenden nicht weit her sein konnte. Der hohe Herr hatte nämlich den kyrillischen Text verkehrt herum gehalten.

Ausrutscher

Willy Andreas zählte seinerzeit zu den Großen der Historikerzunft. Sein Hauptwerk »Deutschland vor der Reformation« erlebte eine ganze Reihe von Auflagen und gilt noch heute als richtigungsweisend. Darüber hinaus hatte sich der Mann mit unzähligen anderen fachlichen Publikationen einen Namen gemacht. Das gab ihm das nötige Selbstvertrauen. Doch schon von Natur aus gehörte er nicht zu den Leuten, die ihr Licht unter den Scheffel stellen, sondern er brillierte gerne vor einer größeren Zuhörerschaft und sonnte sich dann augenfällig in seinem Ruhm.

Bereits emeritiert, wurde Andreas gebeten, vorübergehend das Ordinariat für Neuere Geschichte an der Universität Tübingen zu übernehmen. Im Winter 1950/51 las er über »Das Zeitalter Napoleons«. Ein letztes Mal breitete er vor einem großen, gespannten Auditorium seine unbestrittene Gelehrsamkeit aus und vergaß bei passender Gelegenheit nie, auf seine persönlichen Veröffentlichungen hinzuweisen. Als er dabei einmal wieder einen eigenen Aufsatz in der »Historischen Zeitschrift« erwähnte, begannen zwei vorlaute Studiosi, Beifall zu klopfen, was der Vortragende mit sichtlichem Wohlwollen registrierte.

Im Verlauf der Vorlesung gab es noch weitere solche bibliographische Angaben, und die Hörer machten sich einen wachsenden Spaß daraus, dies dem geschmeichelt dreinschauenden Autor mit lautstarker »Zustimmung« zu quittieren, ja, als Andreas einmal darauf hinwies, zu einem bestimmten Randproblem habe er in den »Badischen Neujahrsblättern« Stellung genommen, trampelte der ganze Hörsaal so anhaltend, daß sich der Professor gezwungen sah, seinen Redefluß zu unterbrechen. Gerührt verbeugte sich der verdiente Gelehrte nach allen Seiten und bemerkte nicht, daß die ganze Ovation nur der unbarmherzige Auswuchs studentischen Ulks gewesen war.

Am meisten hielt Andreas von sich und seinesgleichen. Wer einen bekannten Namen trug, der hatte bei ihm von vornherein einen Stein im Brett. Davon konnte ich mich selbst überzeugen, denn während meines Studiums hatte ich im Frühjahr 1951 ein Seminar bei ihm belegt.

Als der Ordinarius die Klausuren zurückgab, fragte er mich: »Ach, Herr Holm, sagen Sie, sind Sie mit dem berühmten Archäologen verwandt?«

»Nicht direkt«, entgegnete ich, »aber wir haben gemeinsame Vorfahren.«

»Interessant, interessant«, bemerkte daraufhin Professor Andreas, zückte nochmals seinen Rotstift und fügte der bereits festgelegten Note »gut« ein dickes Plus hinzu.

Glücklicherweise hat Willy Andreas nie seinen Humor verloren. Zu seinen Lehrveranstaltungen kam er stets zu Fuß den steilen Weg herab, der von der Tropenklinik hinunter in die Stadt führt. An einem kalten Wintermorgen wäre der alte Herr auf der rutschigen, stark vereisten Steige beinahe gestürzt und mußte schließlich froh sein, daß er, ohne Schaden genommen zu haben, aber mit ziemlicher Verspätung die Neue Aula erreichte. »Entschuldigen Sie, meine Damen und Herren, die Verzögerung«, begann er an diesem Tag seine Vorlesung, »aber auf dem Glatteis wäre fast der Lehrkörper zu Fall gekommen.«

Ein beweglicher Feiertag

Der Tübinger Geograph Hermann von Wissmann (1895–1979) war ein Gelehrter hohen Ranges, ein weltberühmter Chinakenner und Arabienforscher. Das Verzeichnis seiner Veröffentlichungen umfaßt mehr als hundert Titel. Alle, die ihn kannten, wissen um seine außerordentlichen fachlichen und menschlichen Qualitäten, sein bescheidenes Wesen und seine große Güte und Hilfsbereitschaft. Aber er war auch stark gehemmt, absolut unpraktisch und von einer seltenen Weltfremdheit, die es ihm schwer machte, sein umfassendes Wissen an seine Schüler weiterzugeben.

Die Vorlesungsverpflichtungen an der Universität Tübingen, deren Geographischem Institut er zwanzig Jahre lang vorstand, müssen ihm eine arge Last gewesen sein. Obwohl immer ausgezeichnet vorbereitet, verstand er es doch nicht, die Masse seiner Hörer genügend zu motivieren, so daß das Auditorium im Laufe eines Semesters immer mehr zusammenschmolz und nur ein paar besonders eifrige und anhängliche Seelen bis zum Schluß durchhielten.

Aus diesem Grund waren auch seine Seminarübungen nie überfüllt. Um so mehr kamen dann die wenigen Getreuen zu ihrem Recht. In diesem kleinen Kreis konnte jeder seine wissenschaftlichen Untersuchungen vortragen und seine Thesen diskutieren lassen. Hier fühlten sich die Studenten persönlich angesprochen. Kurz, es herrschte eine Atmosphäre, die an den heutigen Massenuniversitäten unwiederbringlich verloren gegangen ist.

Für das Wintersemester 1950/51 hatte Professor von Wissmann ein Oberseminar über vergleichende Länderkunde angekündigt. Wieder war es nur ein Dutzend Teilnehmer, das sich an einem trüben Novemberabend in dem ungemütlichen Institutssaal auf dem Tübinger Schloß zusammenfand. Bei dieser ersten Seminarsitzung galt es, die Aufgaben zu verteilen und die einzelnen Termine festzulegen. Für jeden Montagabend des Semesters war ein anderes Referat vorgesehen, wobei die Studenten ihre Wahl aus einer langen Liste mit Themenvorschlägen treffen konnten.

Man war sich rasch einig geworden. Wissmann hatte sich bereits die ersten vier Termine notiert und fuhr fort: »... dann berichtet also Herr Christ am 11. Dezember über die ›Grenzwälle der Chinesen, Römer und Inkas‹, am 18. Dezember käme Herr Mohl mit den ›Pforten zum Indischen Ozean‹ und am 25. Dezember Fräulein Hartmann ...«

An dieser Stelle wurde der Seminarleiter von einem Einwurf unterbrochen: »Herr Professor, da sind bereits Weihnachtsferien!«

»So«, entgegnete Hermann von Wissmann erstaunt, und seine Reaktion zeigte, daß er sich nicht bloß in wissenschaftlichem Eifer vergaloppiert hatte. »Am wievielten ist denn in diesem Jahr Weihnachten?«

Königliche Anekdoten

Friedrich August III. (1865–1932), bis 1918 König von Sachsen, erfreute sich allgemeiner Volkstümlichkeit. Seine populären Aussprüche, oft gewürzt mit gespielter Naivität, sind Legion. Selbst als man ihn am Ende des Ersten Weltkriegs seines Throns beraubte, verlor er seinen Humor nicht, und es wird heute bereits in der vierten Generation überliefert, daß er im November 1918, als er mitansehen mußte, wie der revolutionäre Pöbel seine Schloßwache entwaffnete und den Offizieren die Epauletten herunterriß, seinen Kammerherrn gefragt habe: »Ja derfen denn die das?«

Wenige Tage darauf mußte er abdanken, und als er sich auf dem Dresdner Bahnhof von seinen letzten Getreuen verabschiedete, tat er das mit den Worten: »Macht euren Dreck alleene!«

Daraufhin zog er sich auf Schloß Moritzburg zurück, und dort soll er neue Visitenkarten in Auftrag gegeben haben mit dem Aufdruck: »Friedrich August, König ohne Sachsen«.

Die Legende berichtet ferner, daß der Abgedankte nicht allzu lange nach diesen Ereignissen inkognito durch Leipzig fahren wollte. Dabei wurde er jedoch erkannt, und das Volk brachte ihm eine Ovation: »Hoch unserem Geenich!« Huldvoll und nicht ohne Spott soll der Exkönig daraufhin seinen früheren Untertanen zugerufen haben: »Ihr seid mir aber scheene Republikaner!«

Das alles mag manchem schon bekannt gewesen sein, doch vor einiger Zeit habe ich eine noch weitgehend unbekannte Anekdote vernommen. Ich war bei dem bekannten Reutlinger Schriftsteller Dr. Frosch zu Gast, der seinen 90. Geburtstag feierte, einem der letzten königlich sächsischen Leutnants, und der erzählte, wie er König Friedrich August einmal persönlich begegnet war. Es war schon während des Krieges zu, in einer kleinen Garnison in der Oberlausitz, wo der König höchstselbst einem Ausbildungsbataillon die seltene Ehre seines Besuchs gab. Die Kompanien standen schnurgerade ausgerichtet. Huldvoll nahm der Monarch die Meldung des Kommandeurs entgegen.

Nun handelte Friedrich August gewöhnlich nach dem Prinzip »leben und leben lassen«. Die Methoden seiner nördlichen Nachbarn waren ihm völlig zuwider, und er übersah geflissentlich so manches, was einen preußischen Vorgesetzten in Harnisch gebracht hätte. Aber das, was er in diesem Augenblick trotz seiner notorischen Kurzsichtigkeit gewahrte, ging ihm dann doch zu weit.

»Der Kleene da hinden, der danzt ja ganz aus der Reihe!« stellte der König entrüstet fest.

Der Adjutant versuchte daraufhin seinen Herrn aufzuklären: »Majestät, das ist ein Hydrant.«

Aber Friedrich August, nur halb Ohr, ließ sich nicht beschwichtigen, sondern ereiferte sich weiter: »Das is mir ganz egal, was der is, und wenn er 's Abitur hat!«

Ein halbes Pfund Käse

Es war ein Laden wie Hunderte in der Landeshauptstadt. Nach dem Krieg, als die meisten aufgeben mußten, hat man dafür den Begriff »Tante-Emma-Laden« geprägt. Auch früher ist kaum einer wohlhabend geworden mit so einem »Kolonialwarengeschäft«, aber es hat seinen Mann ernährt, sofern dieser immer wendig genug war und den rechten Riecher hatte.

Auf Hans Rösch traf das zu. Seit der Weltwirtschaftskrise, als so mancher kleine Geschäftsmann Konkurs anmelden mußte, wies ihn ein Plakat als »Mitglied des Rabattsparvereins Stuttgart« aus. Das bedeutete zwar zunächst noch höhere Kosten, brachte aber auch eine Handvoll preisbewußter neuer Kunden, die von da an fleißig ihre »Märkle« klebten, so daß Röschs Gewinn in dem bösen Jahr 1932 nicht noch weiter absackte. Und noch ein zweiter Schritt des Kaufmanns erwies sich als hilfreich. Im letzten Jahr der »Systemzeit« war er der Partei des großen Rattenfängers beigetreten und tat seither regelmäßig Dienst in der braunen Uniform. Auch dadurch kamen ein paar neue Gesichter in den Laden, wenn auch der Scharführer Walker oft nur drei Stumpen kaufte oder die Frau des Parteigenossen Klein einen Bund Rettiche. Doch seit 1933 ging es ja langsam wieder aufwärts. Mit der Armut und »der Schmach und der Schande« sollte es jetzt, so versprach der neue Kanzler, bald ein Ende haben. Auch kündigte er den »Schmarotzern am Volkskörper« den schärfsten Kampf an. Tatsächlich machte er den jüdischen Geschäftsleuten vom ersten Tag an das Leben schwer, was ebenfalls dazu beitrug, daß bei Rösch die Ladenkasse häufiger klingelte.

Der wiederum dankte es seinem Führer, indem er seinen Volksgenossen mit leuchtendem Beispiel voranging. Zwar zwang ihn der Einsatz für die »Bewegung«, den Laden häufiger seiner Frau zu überlassen, doch niemand konnte im unklaren darüber sein, welcher Geist in dem Geschäft herrschte. Schon lange bevor es für die »arischen« Betriebe allgemein verbindlich wurde, prangte an Röschs Ladentür das Schild »Deutsches Geschäft«. Und auf der Rückseite, hinter der Glasscheibe, war, schwarz-weiß-rot umrahmt, zu lesen, welchen Gruß man dem Diktator schuldig war.

Zum Kundenkreis des Lebensmittelhändlers gehörte auch das betagte Fräulein von der Thann. Sie hatte einst bessere Tage gesehen, aber durch die Inflation nach dem Ersten Weltkrieg war sie um ihr stattliches Vermögen gekommen und lebte seitdem von einer winzigen Kapitalrente. Schon seit Jahrzehnten wohnte sie in dem kleinen Haus gegenüber. Sie hatte noch erlebt, wie der Schwiegervater von Rösch vor der Jahrhundertwende sein Ladengeschäft an der Ecke eröffnete, und auch das kleine Mariele, aus dem mit der Zeit die korpulente Frau Rösch geworden war, hatte sie aufwachsen gesehen. Mit dieser verband sie manche liebe Erinnerung, und deshalb kam sie auch weiterhin, um ihre kleinen Einkäufe zu tätigen, obwohl ihr der jetzige Geschäftsinhaber mit seinen politischen Aktivitäten nicht lag und sie auch die neue Zeit nicht begreifen konnte.

Rösch selbst, der es längst aufgegeben hatte, das »reaktionäre Weibsbild« zu bekehren, hielt sich meist im Hintergrund, wenn sie den Laden betrat. So auch an diesem Morgen, als er die alte Person, mühsam auf ihren Stock gestützt, die Straße überqueren sah, um, wie an jedem Freitag, ein Stück Emmentaler zu erstehen. Er hatte sich gerade seinen Bestellungen zugewandt, als die Ladentür anschlug und er das »gnädige Fräulein« zu seiner Frau sagen horte: »Grüß Gott, i mecht a halbs Pfond Käs.«

Nun war Hans Rösch besonders allergisch Personen gegenüber, die einem den »Deutschen Gruß« verweigerten. Zudem war erst neulich wieder in der Zeitung an eine Verordnung des Wirtschaftsministeriums erinnert worden, wonach als Gewichtsbezeichnungen im Geschäftsverkehr und bei der Preisauszeichnung nur noch Kilogramm und Gramm verwendet werden durften, folglich das gute alte Pfund endgültig aus dem Sprachgebrauch zu tilgen war.

Weil seine Frau offenbar die Provokation gar nicht bemerkt hatte, hielt es den Parteigenossen Rösch diesmal nicht in dem kleinen Ladenstübchen, sondern er kam demonstrativ heraus, um die greise Volksgenossin zu belehren: »Erstens, liebes Fräulein, heißt es nicht mehr ›Grüß Gott‹, sondern ›Heil Hitler‹, und zweitens sagt man nicht mehr ›ein halbes Pfund‹, sondern ›ein Viertelkilo‹.«

Da schien das alte Fräulein von der Thann noch um einige Zentimeter kleiner zu werden, und kein Mensch wäre auf den Gedanken gekommen, daß es nur gespielte Naivität war, als sie ganz kleinlaut fragte: »Aber gell, ›Käs‹ derf mr no sage?«

Schiefer Haussegen

Die beiden führten, so glaubte wenigstens er, keine schlechte Ehe. Streit gab es selten, die Kinder waren wohlgeraten, und mit der Zeit hatten es der Ernst und seine Eva sogar zu einem bescheidenen Wohlstand gebracht. Freilich war der Mann ein stiller Typ. Er sprach sich ungern aus, und wenn ihm einmal eine Laus über die Leber gekrochen war, dann verstummte er ganz und schwieg beharrlich, bis er schließlich – aber das mochte Tage dauern – nicht mehr umhin konnte, eine unumgängliche Frage zu stellen oder eine notwendige Mitteilung zu machen. Vielleicht hätte die Frau manchmal auf den Tisch hauen sollen. Doch das war ihr nicht gegeben. Geduldig vertraute sie darauf, daß sich die Sache schon wieder einrenkte, und bisher war es ja auch immer so gewesen.

Neulich kriselte es abermals. Schon den ganzen Tag hing der Haussegen schief, und Eva wartete vergebens, daß ihr »Alter« das Wort an sie richte. Der jedoch schwieg verbissen.

Immerhin – abends fand die Frau auf dem Kopfkissen einen Zettel: »Bitte Knopf an Kittel nähen!« So etwas war in den vielen Ehejahren noch nie vorgekommen, aber vielleicht bedeutete es ja den Anfang des Einlenkens. Deshalb entsprach die Gattin brav dem schriftlich geäußerten Wunsch.

Indessen blieb der Mann auch anderntags verschlossen und sprach kein einziges Wort. Dafür fand Eva beim Schlafengehen erneut eine Notiz vor: »Bitte morgen Sauerkraut mit Spätzle!« In der Hoffnung, auf dem Umweg über den Magen wieder das Herz ihres Gemahls zu gewinnen, gab sich die Hausfrau am nächsten Morgen allergrößte Mühe mit dem Kochen. Sie garnierte das Kraut mit einem schönen Bauchlappen, und als Beilage gab es eine frische Griebenwurst vom Lammwirt. Ernst aß mit beachtlichem Appetit, verlor jedoch keine Silbe über das gute Mittagessen, sondern saß mit einer Leichenbittermiene am Tisch, die seinem Vornamen alle Ehre machte. Obwohl seine Frau immer wieder einen Anlauf nahm, das eisige Schweigen zu brechen, tat er auch weiterhin den Mund nicht auf.

Im Gegenteil – Ernst gedachte offensichtlich, das unwürdige Spiel weiterzutreiben, denn am Abend lag wieder ein Stück Papier auf dem Bett: »Bitte morgen um fünf Uhr wecken!«

Eine andere Eva hätte darauf mit dem berühmten Zitat eines Götz von Berlichingen geantwortet, doch Ernsts Frau hatte dieses in Schwaben so geflügelte Wort noch nie über die Lippen gebracht. Außerdem wollte sie nicht noch Öl ins Feuer gießen. Immerhin hatte sie sich vier Jahrzehnte lang mit den vielen Eigenheiten ihres Gatten abgefunden. Diese neue Marotte hinzunehmen war sie allerdings nicht gewillt, sonst würde der eheliche Verkehr in Zukunft womöglich bloß noch schriftlich abgewickelt werden. Deshalb nahm sie das Blatt und gab dem Ehemann auf der Rückseite Bescheid. Am frühen Morgen schlich sie sich unbemerkt ans Bett ihres schnarchenden Angetrauten und legte ihm die Mitteilung auf den Nachttisch. Als dieser eineinhalb Stunden später endlich erwachte, weil die Sonne bereits ins Schlafzimmer blinzelte, schreckte er auf. Dann las er empört: »Bitte aufstehen, es ist fünf Uhr!«

Da platzte Ernst dann doch der Kragen, und von einer Sekunde zur andern hatte er seine Stimme wiedererlangt. Was er in diesem Augenblick von sich gab, war zwar weder salonfähig noch druckreif, aber für die beiden letztlich doch eine Erlösung, denn bis zum Schlafengehen hatten sich die gestörten Beziehungen endlich wieder normalisiert, und Ernst hat seitdem den Zettelkrieg nie wieder aufgenommen.

Nachtisch

Die Suppe konnte einmal fehlen, aber eine Nachspeise hat es bei uns daheim eigentlich zu jeder warmen Mahlzeit gegeben. Dafür sorgten schon unsere lieben Verwandten nebst all den vielen Freunden, die ein »Gütle« besaßen und uns jeden Sommer an ihrem Überfluß teilhaben ließen. Unsere fleißige Mutter hat so manchen Sommerabend geopfert, um die vielen Früchte einzudünsten. Im Herbst türmten sich dann jedes Jahr mehr als hundert Gläser in unserem Vorratskeller. Die Eltern fanden das sehr beruhigend.

Uns Kindern mundeten vor allem die Kirschen. Als uns der Onkel im Neuffener Tal wegen eines verheerenden Hagelschlags einmal keine anbieten konnte, fuhr die Familie extra nach Glems bei Metzingen, um dort ein paar Bäume zu ersteigern. Für uns Kinder bedeutete die aufregende Versteigerung und die darauffolgende Ernte der »eigenen« Kirschen ein besonderes Erlebnis. Mutter dagegen schätzte das Glemser Steinobst hauptsächlich deshalb, weil es absolut frei von Maden war. Bei den Kirschen vom Onkel dagegen war das nie der Fall. Der hielt nichts von der Chemie und tat sich sogar etwas darauf zugute, daß keiner seiner Bäume gespritzt wurde.

Was die Schädlinge anging, waren wir aber alle heikel. Die beiden Jüngsten der Kinderschar gingen sogar soweit, daß sie regelmäßig das ganze Kompott zurückwiesen, wenn sie darin so einen kleinen Parasiten herumschwimmen sahen. Mutter hat deshalb immer versucht, die Tierchen vorher herauszufischen, aber manchmal gelang das nicht ganz. Doch bei den Glemser Kirschen konnte sie ihrer Sache völlig sicher sein, hatte doch die Gemeinde ihre Bäume rechtzeitig mit den einschlägigen Schädlingsbekämpfungsmitteln behandelt.

Dennoch stocherten die zwei Buben, als einmal wieder eingemachte Kirschen serviert wurden, emsig nach etwaigen verhaßten Eindringlingen, sehr zum Verdruß ihrer Mutter. Diese konnte sich dann ziemlich ereifern. Manchmal wurde sie sogar richtig böse, ja, gelegentlich verlor sie die Kontrolle darüber, was sie sagte. Im Übereifer kam es auch diesmal zu einem falschen Zungenschlag. Mutter ermunterte uns nachdrücklich, ohne Bedenken zuzugreifen, und tat das mit dem Versprecher: »Kender, des send fei gschpritzte Würm aus Glems!«

Der Maikäfer

Zuerst war Susanne Gohl arg enttäuscht. Die junge Lehramtsanwärterin hatte ihre erste Dienstprüfung mit Auszeichnung bestanden, und nun schickte man ausgerechnet sie in den hintersten Winkel von Oberschwaben, und das, obwohl der zuständige Pfarrer wie auch der örtliche Reitverein eine Eingabe gemacht hatten, sie wegen ihrer Aktivitäten in der Jugendbetreuung am Heimatort zu verwenden.

Aber ihr Katzenjammer war bald verflogen. Schon nach dem ersten Gespräch mit dem zukünftigen Schulleiter sah die Lage viel rosiger aus, zumal der seiner neuen Referendarin gleich eine hübsche kleine Wohnung vermitteln konnte. So fühlte sie sich bereits nach wenigen Wochen in der neuen Umgebung zu Hause. Begeistert berichtete sie daheim von ihrem netten Kollegium, dem verständnisvollen Chef, den Bekannten aus dem Kirchenchor sowie ihrer mütterlichen Wirtin, die ihr immer wieder etwas Habhaftes zusteckte, obwohl sie doch eigentlich auf ihre Schlankheit bedacht bleiben wollte.

In der Schule, so hatte man ihr gleich versichert, würde sie ohne weiteres zurechtkommen, denn die Klassen seien ziemlich klein und die Kinder noch anständig. Das waren erfreuliche Aussichten. Aber die Probelehrerin war ohnedies gesonnen, nichts einreißen zu lassen, sondern sich sofort den nötigen Respekt zu verschaffen. Deshalb ließ sie sich von Anfang an mit »Frau« anreden, obwohl das die Schüler und die Leute im Dorf bei »dem neuen Fräulein« gar nicht verstehen wollten und sie damit auch nicht verhindern konnte, daß die Kleinen trotzdem »du« zu ihr sagten. Aber es schuf einen gewissen Abstand und half ihrem Selbstwertgefühl.

Im übrigen war die Anfängerin sehr fleißig und mehr als gewissenhaft, so daß sich ihre Hauswirtin nur wundern konnte, wie lange sie oft hinter ihren Büchern saß. Schon nach kurzer Zeit galt sie als besonders engagierte Lehrkraft. »Dia sollte mr b'halte!« hieß es im Dorf. Allerdings stand sie auch unter einem gewaltigen Leistungsdruck. Jederzeit konnte der Rektor zur Tür hereinkommen. Da durfte man keine einzige Stunde verpatzen, sondern mußte stets sein Letztes geben, denn am Ende des Referendariatsjahres – das war kein Geheimnis – würden nur die Allerbesten eine Anstellung finden.

Frau Gohl versuchte es mit fortschrittlichen Methoden, sah sich aber auch immer wieder bestätigt, wenn sie auf Ideen zurückgriff, die schon bei ihren eigenen Lehrern gezündet hatten, und entwickelte schließlich doch mit viel Phantasie und Schwung ihren individuellen Lehrstil. Im Laufe der Zeit hatte sie sich überall durchzusetzen gelernt und auch bei Kollegen und Vorgesetzten manche Anerkennung gefunden. Aber da war immer noch das Damoklesschwert der Prüfungen. Und das hing nun wirklich an einem ganz dünnen Haar; denn wenn im Abschlußexamen keine Eins vor dem Komma stand, konnte sie alle Hoffnungen begraben.

Doch Susanne Gohl blieb im Rennen. Sie bestand erfolgreich drei halbstündige mündliche Prüfungen, und auch die ersten beiden von den drei vorgeschriebenen Examenslehrproben verliefen sehr gut.

Am Ende hing alles von der letzten lehrpraktischen Prüfung in Sachkunde ab. Drei Tage vorher erhielt die Kandidatin das Thema. Es war der Jahreszeit angepaßt und lautete »Der Maikäfer«. Keine schlechte Aufgabe, aber auch nicht ohne Tücken! Nun begann ein zweiundsiebzigstündiger Streß. Das größte Problem bestand darin, überhaupt ein paar Käfer aufzutreiben, denn eine Lehrprobe ohne lebendiges Demonstrationsobjekt schien dem Prüfling undenkbar. Jedoch war die Natur in diesem Jahr spät ergrünt. Man schrieb zwar bereits den 9. Mai, doch hatte noch niemand auf der Gemarkung einen dieser braunen Brummer entdeckt. Deshalb machte sich die Lehrerin, als ihr nachmittags der Schädel zu zerspringen drohte – es galt ja auch noch einen dicken Unterrichtsentwurf zu erstellen – selbst auf die Suche und fuhr für eine Stunde in den Wald. Allerdings brachte sie, abgesehen von einem etwas klareren Kopf, nichts nach Hause. Auch fand sie keinerlei sonstiges Anschauungsmaterial, so daß ihre Stimmung schließlich auf den Nullpunkt sank. Wer sie an diesem Abend hörte, mußte den Eindruck gewinnen, sie befasse sich mit dem Mistkäfer. Und als gegen zehn Uhr auch der Entwurf erst bis auf Seite 4 gediehen war, kamen der Kandidatin schließlich die Tränen. Da wußte sie sich nicht anders zu helfen, als ihrer Busenfreundin in Plochingen in einem langen Ferngespräch ihr Leid zu klagen. Das beruhigte sie ein wenig und gab ihr neuen Mut.

Am darauffolgenden Tag lief die Sache dann schon besser. In der Hauptschule des Nachbarorts stöberte die findige Frau eine passende Schautafel auf, und ein Kollege brachte ihr aus der Biologiesammlung des Progymnasiums drei Gläser, anhand derer sich die Entwicklungsstadien des Engerlings erklären ließen. Und während das halbe Dorf unterwegs war, um nach einem echten Käfer Ausschau zu halten, nahm ihr Manuskript zusehends Gestalt an. Dazuhin verspürte sie plötzlich wieder Appetit. Selbst als im Laufe des Nachmittags alle Suchtrupps Fehlanzeige erstatteten, konnte das ihrem wiedererwachten Optimismus nicht viel anhaben. Und abends lagen dann sogar ein paar Prachtexemplare von Maikäfern vor der Glastür. Sie stammten zwar aus der Konditorei und bestanden aus Schokolade, aber von der Hauswirtin war es lieb gemeint, und das tat gut.

Am dritten Tag wußte Susanne Gohl, daß sie die Stunde vollends in den Griff bekommen würde. Die Gedanken sprudelten nur so hervor. Mit Lust und Liebe verfaßte sie die Geschichte »Als ich noch ein Engerling war«, kopierte eine Malvorlage, entwickelte ein Frage- und Antwortspiel und vervollständigte ihr Literaturverzeichnis. Sie war nun mit sich ganz zufrieden. Nur daß sie ihren Schülern bloß Schokoladenkäfer präsentieren konnte, wollte ihr absolut nicht hinunter.

Nach dem Essen machte sie sich dann daran, ihren Entwurf ins Reine zu tippen. Mit zwei Fingern war das ein mühsames Unterfangen. Erst bei Sonnenuntergang war sie fertig, und das in jeder Beziehung. Doch in diesem Augenblick hupte vor ihrem Fenster ein Volkswagen. Es war die treue Freundin. Aus dem fernen Schurwald hatte sie drei Exemplare der in jenem Jahr so seltenen Spezies angekarrt. Nun war alles gerettet.

Nach so viel Vorbereitung lief es dann am nächsten Morgen fast wie von selbst. Die Kinder machten begeistert mit. Gespannt hingen sie an den Lippen ihrer Lehrerin, als die ihnen ihr Märchen vom Engerling erzählte, und mit Hilfe der Schautafel gewannen sie einen lebendigen Eindruck vom Werdegang des Maikäfers. Eifrig machten sie sich dann daran, ihre Vorlagen auszumalen und zu beschriften. Jedes wollte einen der seltenen Käfer aus dem Neckarland, die zuvor als Preis für die schönsten Blätter ausgelobt worden waren. Höhepunkt der Stunde war schließlich, als ein Mädchen im Käferkostüm vom letztjährigen Kinderfest auftrat und die Mitschüler dann gemeinsam das Maikäferlied singen durften: »Maikäfer flieg ...«.

Doch während die Klasse aus vollem Hals und ohne nennenswerte Disharmonien das alte Volkslied vortrug, pumpten sich die drei Käfer, einer nach dem andern, voll und flogen auf und davon. Dafür mußte die Lehramtsanwärterin dann ihre süßen Nachbildungen opfern. Aber das tat sie gerne, hatte sie doch am Ende dieser Lehrprobe ein recht gutes Gefühl, und das nicht nur, weil ihr der Mentor offensichtlich gewogen war.

»Isch's guet ganga?« wollte kurz darauf auf dem Gang eine ältere Schülerin wissen. »I glaub scho«, gab ihr die um eine Zentnerlast erleichterte Lehrerin zur Antwort. Die Nachricht von der bestandenen Prüfung verbreitete sich wie ein Lauffeuer auf dem ganzen Schulhof. »D' Frau Gohl hot's gschafft, d' Frau Gohl hot's gschafft!« hörte man von allen Seiten.

Ein zutraulicher Dreikäsehoch wollte es genau wissen, drängte sich an die junge Frau heran und erkundigte sich nochmals: »Hosch's gschafft?« Auf die Bestätigung hin meinte er dann ernsthaft: »Des kennt i net.« Und nach einer kleinen Denkpause stieß er nach: »Was hosch eigentlich macha miassa?«

Mittlerweile tagte die Prüfungskommission im Lehrerzimmer. Sie spannte den Prüfling lange auf die Folter: Die Beratung dauerte eine geschlagene Dreiviertelstunde. Ob die drei Herren ihre Aufgabe wirklich so ernst nahmen oder ob sie sich mehr dem bereitgestellten Vesper widmeten, weiß man natürlich nicht so genau. Schließlich war es soweit. Der Vorsitzende ließ die Kandidatin holen, gratulierte und lobte ihr methodisches und didaktisches Geschick. Die verkündete Note entsprach dann auch ungefähr den Erwartungen: Einskommafünf.

Als die Lehrerin das hörte, strahlte sie wie ein Maikäfer.

Fahrerflucht

Seit diesem peinlichen Vorfall ist schon viel Wasser den Neckar hinuntergeflossen. Trotzdem habe ich mich lange besonnen, ob ich davon berichten darf. Denn wenn die ganze Sache auch schon zwanzig Jahre her ist, muß ich immer noch gewisse Rücksichten üben, habe ich doch dem armen Missetäter ewiges Stillschweigen gelobt. Sein Eheweib ist halt immer noch eine arge Schreckschraube. Nicht auszudenken, was der Mann durchzumachen hätte, wenn sie doch noch von der Sache erfahren würde.

Es begann verhältnismäßig harmlos. Ich hatte an einem freien Nachmittag in der Stadt Einkäufe getätigt und dazu meinen Wagen in einer schmalen Seitengasse abgestellt, an der Einmündung in eine große Durchgangsstraße. Als ich von meinen Besorgungen zurückkam, rannte mir unsere zwölfjährige Tochter, die dort auf mich gewartet hatte, aufgeregt entgegen und berichtete atemlos, da sei gerade jemand mit lautem Knall auf unser Auto gestoßen und habe eine Mordsbeule hinterlassen. Dann habe er das Weite gesucht. Das bedeutete allerdings eine böse Überraschung, zumal der Wagen damals noch ziemlich neu war. Aber meine kleine Zeugin wußte noch mehr. Die Personenbeschreibung des Täters war zwar ungenau. Dafür standen Marke und Farbe des Fluchtautos fest. Und das Wichtigste: Auch die Nummer des Fahrzeugs hatte sie sich gemerkt.

Dann konnte es ja keine großen Probleme geben. Ich marschierte sofort auf die Polizeiwache und erstattete dort Anzeige gegen Unbekannt wegen Fahrerflucht. Bereits am übernächsten Tag hielt ich ein Schreiben der Polizei in Händen: »Als Halter des Kraftfahrzeugs, amtl. Kennzeichen EH – M 134, haben wir Herrn Jakob König in Hausen, Waldstraße 5, ermittelt.«

Ich traute meinen Augen nicht. Da standen Name und Anschrift eines unserer Abteilungsleiter, eines sympathischen und netten Kollegen.

Das war mir wirklich arg peinlich. Und dem Kollegen erst! Nun wollte ich wegen dieser Angelegenheit den Betriebsfrieden nicht aufs Spiel setzen, und so vereinbarten wir, uns gütlich zu einigen. Doch das erwies sich als unmöglich. Als ich nämlich gleich darauf nochmals zur Polizei ging und meine Anzeige zurückziehen wollte, wurde mir dort erklärt, das habe wenig Wert. Hier handele es sich um ein Offizialdelikt; sie müßten eine solche Straftat, sobald sie Kenntnis davon erhielten, von

Amts wegen verfolgen, und es sei für sie unerheblich, ob ich an einer Verfolgung interessiert sei oder nicht.

So nahm die Sache ihren Lauf. Ich konnte nicht mehr tun, als meinem Kollegen zu versprechen, Stillschweigen zu bewahren – auch seiner Frau gegenüber, denn der Kollege hatte daheim nichts gebeichtet. Das war allerdings, wie sich bald zeigen sollte, ein gewaltiger Fehler, denn es kam ärger als gedacht. Der Prozeß vor dem Amtsgericht ging nicht sehr gut aus. Sei es, daß Herr König keine gute Figur machte, weil er glaubte, den Verteidiger sparen zu müssen, sei es, daß einige bereits angesammelte Pünktchen in Flensburg mit zu Buch schlugen. Jedenfalls lautete das Urteil auf 2800 Mark Geldstrafe, ersatzweise vier Wochen Haft.

An dieser Stelle muß eingeblendet werden, daß in der Ehe meines Kollegen bis heute die Frau die Hosen anhat. »Sie sitzt im Regimente und führet alles wohl«, könnte man in Abwandlung eines bekannten Gesangbuchverses sagen. Unser Freund zählt also keinesfalls zu der Sorte von Männern, die ein solches Sümmchen ohne Wissen der Gattin, gewissermaßen aus der Westentasche, begleichen könnten, sondern er erhält ein – nach Auffassung seiner Gemahlin reichlich bemessenes – Taschengeld. Kurz, die 2800 Mark waren für den Übeltäter arg viel Geld, denn der Richter hatte sich an seinem Einkommen orientiert, nicht an seinem Taschengeld. Schon die Kosten des Verfahrens brachten den Mann in höchste Bedrängnis, ganz zu schweigen von der Reparaturrechnung für mein Auto, an der er ein volles Jahr abstottern mußte.

So beschloß Herr König, lieber ins Gefängnis zu gehen, aber ohne daß die Arbeitskollegen oder seine Ehefrau etwas davon erfahren durften, wobei das letztere natürlich am schwersten zu bewerkstelligen war. Tatsächlich gelang es ihm, für seinen traditionellen Urlaubsmonat einen Termin in der Strafvollzugsanstalt Rottenburg zu bekommen. Daraufhin führte er ein längeres Telefongespräch mit einem Schulfreund, der es inzwischen zum Geschäftsführer eines großen Stuttgarter Reisebüros gebracht hatte. Als Ergebnis dieser Bemühungen erhielt er wenig später ein Schreiben des genannten Büros, in dem er herzlich beglückwünscht wurde. Er habe in einem Preisausschreiben, an dem er sich beteiligt hatte, den ersten Preis gewonnen, eine vierzehntägige Flugreise für zwei Personen nach Teneriffa.

Frau König reagierte darauf genau so, wie ihr Gatte es vorausgesehen hatte. Seit jeher war sie fest entschlossen, nie in ihrem Leben ein Flugzeug zu besteigen, weil sie ja das Regiment nicht vorzeitig aus der Hand geben wollte. So kam man überein, zu versuchen, sich das Geld in bar ausbezahlen zu lassen. Zu diesem Zweck fuhr der Mann eine Woche später extra in die Landeshauptstadt. Er brachte zwar kein Geld nach Hause, dafür aber die erfreuliche Nachricht, daß es ihm gelungen sei, die vierzehntägige Reise für zwei Personen in eine vierwöchige für eine Person umzubuchen.

Die Frau Gemahlin war darüber wenig erfreut, aber doch einverstanden, daß man die schöne Reise nicht einfach verfallen lassen dürfe, und so zog denn mein Kollege an einem schönen Augusttag los, versehen mit 20 Kilogramm Fluggepäck. Seine gute Ehefrau brachte ihn noch selbst auf den Bahnhof, wo er den Eilzug nach Stuttgart bestieg. Sicherlich wäre sie aber außerordentlich erstaunt gewesen, wenn sie gesehen hätte, wie der liebe Gatte schon bei der nächsten Station in den Gegenzug nach Tübingen umstieg, wo er nach kurzem Aufenthalt den Anschluß nach Rottenburg erreichte.

Dort traf es Herr König dann unerwartet gut. Gleich bei der ärztlichen Untersuchung stellte sich nämlich heraus, daß der Gefängnisarzt ein Corpsbruder war. Man duzte sich heimlich, und der Medizinalrat sorgte auch für eine angenehme Arbeit in der Gefängnisbücherei (wo sich unser Delinquent eingehend mit der Landesnatur der Kanarischen Inseln beschäftigen konnte). Darüber hinaus verordnete der Doktor eine gute Sonderkost. Und als ihm Herr König einige Tage später die Teneriffageschichte gestand, da stellte er ihm zusätzlich eine Höhensonne zur Verfügung. So kam es, daß die Gattin in der »fernen« Heimat – dank seines Freundes hatte sie übrigens zweimal eine prächtige Ansichtskarte aus Santa Cruz de Teneriffa bekommen – ihren lieben Mann nach vier Wochen erholsamen Ferienaufenthalts braungebrannt wieder in die Arme schließen konnte. Von der peinlichen Geschichte hat sie nie Wind bekommen, und auch in unserer Firma hat keiner Lunte gerochen, nicht einmal der Karl Köberle vom Betriebsrat. Und das ist einer, der sonst immer das Gras wachsen hört.

Nicht schwindelfrei

Andere mögen über mich lächeln, aber ich bin nun einmal nicht schwindelfrei. Schon auf einer normalen Bockleiter schlottern mir die Knie. Und erst recht auf einem Dreimeterbrett. Beim Militär bekam ich immer richtige Zustände, wenn wir zu einem solchen Mutsprung gezwungen wurden.

In diesem Jahr kam eine weitere schlimme Erfahrung hinzu. Marianne und ich hatten die Pfingstwoche in Meran verbracht und waren gleich am ersten Urlaubstag zu einer Bergwanderung aufgebrochen. Vom Dorf Tirol aus marschierten wir, vorbei an den eindrucksvollen Erdpyramiden und dem Stammschloß des berühmten Grafengeschlechts, etwa dreihundert Meter über der Talsohle der Etsch, zu dem einsam gelegenen Weiler Vellau. Es war ein angenehmer Weg, und wir gewannen langsam, aber merklich an Höhe. Etwas mulmig wurde mir nur, wenn ich hoch über uns, am fast senkrecht aufragenden Hang des Trogtals, ein paar Leute ausmachte, die sich da wie Ameisen hin- und herbewegten, auf einem schmalen Pfad, den man unlängst aus dem Fels herausgesprengt hatte. Das war der »Mittlere Felsenweg«, den auch wir benutzen wollten, um auf den Hochmut zu gelangen.

Meine Bedenken sollten bald wachsen, denn am Anfang dieser gefährlichen Wegstrecke stand auf einem Warnschild ganz klar »Nur für Schwindelfreie!« Marianne meinte beschwichtigend, es werde schon nicht so schlimm werden, und auch die Auskünfte, die wir von entgegenkommenden Wanderern einholten, klangen einigermaßen beruhigend. So wagte ich es doch, den Weg fortzusetzen. Anfänglich, solange es noch durch den Wald ging, schien die Route auch noch wenig riskant. Aber in der gefährlichen Felswand, wo der Hang viele hundert Meter tief schwindelerregend steil abfiel, wurde mir wirklich angst und bange. Doch hielt ich durch und setzte mutig Schritt vor Schritt, den Blick starr geradeaus auf den Wanderpfad gerichtet.

Meine Moral sank von neuem, als wir bald darauf ein Kreuz passierten, wo, wie eine Tafel kundtat, ein braver Tiroler beim Wegebau den Tod gefunden hatte. Und das sollte nicht der einzige Tiefschlag bleiben. Hundert Meter dahinter war noch eine Gedenkstelle für einen abgestürzten Bergkameraden errichtet. Mit weichen Knien und nur mit äußerster Willensanstrengung schaffte ich den weiteren Anstieg, zumal hinter der nächsten Biegung eine neue böse Überraschung meiner harrte. Da kauerte eine Leidensgenossin am Boden und schluchzte leise vor sich hin. Ihrem Mann, der sich redlich um sie bemühte, erklärte die Frau weinend, sie könne keinen Schritt weitergehen. Ein richtiger Bergkoller. Meine Begleiterin sprach der Armen beruhigend zu, und es gelang dann auch, die Unglückliche soweit zu besänftigen, daß sie sich von uns beiden schließlich an der Hand nehmen und langsam zu der noch etwa eine Viertelstunde entfernten Seilbahnstation hinaufführen ließ.

Über diesem Samariterdienst hätte ich fast meine eigenen Nöte vergessen, auch weil der Weg auf diesem letzten Abschnitt durch eine Kette gesichert war und mir die Aussicht auf ein baldiges Ende der Tortur neuen Auftrieb verlieh.

Glücklich oben angekommen, wurde ich aber doch noch von Entsetzen gepackt. Stand da doch, unweit der Bergstation, ein großer Müllbehälter mit dem Hinweis »FÜR ABFÄLLE UND BERGLEICHEN«. Mein Herz stockte. Ich wagte nicht hineinzusehen. Aber auch als ich mich wieder gefaßt hatte, konnte ich meine Empörung über diese schokkierende und pietätlose Art des Umgangs mit den unglücklichen Opfern der Bergwelt in Italien nicht unterdrücken.

Der fällige Protestbrief an den Landeshauptmann in Bozen blieb trotzdem ungeschrieben, denn Marianne war der Sache inzwischen auf die Spur gekommen und hatte festgestellt, daß es sich bei dem vermeintlichen Bestattungscontainer um eine durchaus ortsübliche Entsorgungseinrichtung handelte. Bei näherer Prüfung der Beschriftung war ihr aufgefallen, daß sich da offenbar ein Witzbold einen makabren Scherz erlaubt und an einem Buchstaben etwas manipuliert hatte. Das B am Anfang des letzten Wortes war nämlich ursprünglich ein D gewesen.

Staatsbesuch

Man sprach vom großen, vom königlichen Montag. Die Landeshauptstadt hatte sich mit unzähligen Fahnen geschmückt und drohte von Schaulustigen überzuquellen, erfreute sie sich doch der hohen Ehre allerhöchsten Besuchs.

Königin Elizabeth II. von England und ihr Gemahl, Herzog Philipp von Edinburgh, wurden erwartet. Als Gäste der baden-württembergischen Landesregierung und der Stadt Stuttgart wollten sie an verschiedenen Empfängen teilnehmen, um dann auf der Weiterfahrt nach Schloß Langenburg noch in Marbach und Schwäbisch Hall Station zu machen.

Es war das Ereignis des Jahrhunderts. Noch nie hatte man eine solche Ovation erlebt. Hunderttausende säumten die Straßen, weit mehr als 1909 beim Besuch Seiner Majestät des Kaisers oder 1937, als die Stuttgarter ihrem braunen Ehrenbürger zujubelten. Selbst der VfB hatte nach dem Krieg als zweimaliger deutscher Fußballmeister keine solchen Begeisterungsstürme entfacht und nicht so viele Zuschauer auf die Beine gebracht.

Der Triumphzug von zwanzig schwarzen Limousinen, angeführt von einer Ehreneskorte »weißer Mäuse«, hatte sich am Hauptbahnhof in Bewegung gesetzt und führte über die Innenstadt zum Neuen Schloß. Die Monarchin im eleganten, offenen, primelfarbenen Mantel und mit einem Hut aus Blütenblättern in gelber Seide stand hinter dem geöffneten Verdeck einer Untertürkheimer Nobelkutsche vom Typ 600 und winkte freudig bewegt den fähnchenschwingenden, jubelnden Bürgern zu. Ihr zur Seite sah man den Landesvater, Kurt Georg Kiesinger, in seiner besten Rolle. Weltmännisch und huldvoll zugleich, wie der Chef des Hauses Windsor persönlich, leitete er das Flaggschiff souverän durch die tosenden Menschenwogen bis in den Hof des Residenzschlosses.

Alles, was Rang und Namen hatte, gab sich an diesem 24. Mai des Jahres 1965 ein Stelldichein. Die Minister mit den Spitzen des Landtags und den Standespersonen aus der Provinz begrüßten den hohen Besuch im Weißen Saal des Neuen Schlosses, der OB mit seinen Bürgermeistern, Stadtdirektoren und Gemeinderäten empfing auf dem Fernsehturm. Mittags, zum Essen im Marmorsaal, hatte man auch an die Vertreter von Kunst und Wissenschaft gedacht, sollte doch die Königin noch selbigentags dem sonst so vernachlässigten schwäbischen Dichterfürsten ihre Reverenz erweisen. Natürlich waren auch die Damen der Gesellschaft zugegen. In erlesener Garderobe und kostbarem Schmuck wetteiferten sie um die Gunst der Monarchin. Frau Kiesinger glänzte als Ehrendame von Prinz Philipp in einem fliederfarbenen Ensemble; Yvonne Klett, die Gattin des Oberbürgermeisters, trug ein himmelblaues Kostüm, und der tiefe Hofknicks, den sie bei zwei Gelegenheiten zelebrierte, blieb noch tagelang Stadtgespräch.

Elizabeth trug die Bürden ihres Amtes mit königlicher Gelassenheit. Sie schüttelte unzählige Hände, trug sich bei jeder Gelegenheit in ein Goldenes Buch ein, nahm Orchideenbuketts entgegen, tauschte teure Geschenke aus und bewegte sich auf den roten Teppichen mit dem jugendlich-fraulichen Charme und der scheuen Grazie, die man schon immer an ihr bewundert hatte. Und weil ihrer, wie sie wußte, an diesem Tag noch ein Erlebnis besonderer Art harrte, ließ sie sich geduldig, unermüdlich lächelnd und winkend, im großen Bogen durch die Stadt und dann auf den Hohen Bopser und wieder zurück chauffieren, in jeder Minute im Blickpunkt von Tausenden. Sie eilte jede Stunde zu einem neuen Empfang, aß auch tapfer Maultaschen in doppelter Kraftbrühe und anschließend, unter Anleitung von Tischnachbar Kiesinger, handgeschabte Spätzle. Sogar nach dem Rezept soll sie sich pflichtschuldigst erkundigt haben. Dabei wirkte die Königin, wie die Herren vom Protokoll bestätigten, auf der ganzen Reise durch die Bundesrepublik nie so ausgeglichen, ausgeruht und gut gelaunt wie gerade in Stuttgart, was sicher damit zusammenhing, daß sie sich übers Wochenende bei ihrer Schwägerin auf Schloß Salem gut erholt hatte, aber auch mit der Vorfreude auf den Abstecher nach Marbach und das bevorstehende Wiedersehen mit den Verwandten in Langenburg.

Den Besuch in Marbach, so hörte man, hatte sich die Königin ausdrücklich gewünscht, und Kurt Georg Kiesinger, an diesem Tag ständiger Begleiter Ihrer Majestät, freute sich besonders darüber, hatte er doch bislang von literarischen Neigungen seines Gegenübers wenig gehört, wogegen er selbst als ausgesprochener Schöngeist galt und sich daher bei jeder sich bietenden Gelegenheit den Musen zuwandte.

Als dann der Besucherkonvoi gegen halb vier Uhr nachmittags endlich die jubelnde Metropole hinter sich gelassen hatte, als man das Verdeck des königlichen Gefährts schließen und sich der Gast im weichen Fond des Wagens niederlassen konnte, da begann der belesene Ministerpräsident, die Monarchin auf die ihrer harrenden geistigen Genüsse einzustimmen.

Anfangs wollte Elizabeth nicht so recht verstehen, wovon der Gastgeber sprach, doch allmählich dämmerte ihr, was auf sie zukommen würde, und während sie sich weiter höflich zuzuhören bemühte, wurde sie immer betroffener. Als die Eskorte Ludwigsburg passiert hatte, war ihr endlich voll bewußt geworden, was ihr da eingebrockt worden war.

Bis dato war ihr nämlich von Friedrich Schiller nicht viel mehr als der Name geläufig gewesen, und Elizabeth hatte auch nie den Drang verspürt, ein diesbezügliches Bildungsdefizit zu beseitigen. Überhaupt interessierte sie die deutsche Literatur nur am Rande, zumal sie ja die Sprache nicht verstand. Wenn Marbach dennoch auf ausdrücklichen königlichen Wunsch im offiziellen Programm stand, dann deshalb, weil die Königin als begeisterte Pferdekennerin viel von einem berühmten Landgestüt gleichen Namens gehört hatte, das in der Nähe der württembergischen Hauptstadt liegen mußte.

Über die erfolgreiche Trakehnerzucht dieses Gestütshofs und seine Vollblutaraber hatte sie sogar schon einiges gelesen, ja der ostpreußische Hengst Julmond und der legendäre arabische Schimmelhengst Hadban Enzahi, von dessen Schönheit und Adel noch heute die ganze Reiterwelt schwärmt, waren ihr durchaus ein Begriff. Nur – daß es zwei berühmte Orte gleichen Namens gab, den einen am Neckar, den anderen auf der Schwäbischen Alb im idyllischen Lautertal gelegen, daran hatte man in England nicht gedacht, und damit hatte auch der Ministerialrat vom Protokoll nicht gerechnet.

Nun war leider nichts mehr zu ändern. Zwar war sie maßlos enttäuscht, die Königin, doch hatte sie auch von Jugend an gelernt, ihre Gefühle zu beherrschen. So fiel dem Dr. Kiesinger nichts weiter auf, als daß Ihre Majestät mit der Zeit doch etwas abgekämpft aussah und ihr Lächeln mitunter etwas gequält wirkte. Aber wem ginge es nicht so am siebten Tag eines anstrengenden Staatsbesuchs?

Als sich der Konvoi dem schloßartigen Komplex des Schiller-Nationalmuseums näherte, da hatte Elizabeth längst wieder die staatsmännische Pflicht über ihre persönlichen Interessen gestellt. Freundlich begrüßte sie die örtlichen Honoratioren, geduldig und scheinbar interessiert ließ sie eine weitere Begrüßungsrede über sich ergehen, lauschte der »Musette« von Händel, gespielt vom Stuttgarter Kammerorchester unter Leitung von Karl Münchinger, betrachtete die wertvollsten Exponate des Literaturarchivs, trug sich wieder einmal in ein Gästebuch ein und besuchte auch noch programmgemäß das Geburtshaus des Dichters.

Und weil die berühmte Besucherin trotz des unfreundlichen Wetters befohlen hatte, bei der Fahrt durch die Innenstadt wieder das Verdeck zu öffnen, damit sie sich dem begeisterten Volk stehend zeigen konnte, war auch in Marbach am Neckar alles eitel Sonnenschein, und niemand bekam etwas von der königlichen Enttäuschung zu spüren, auch nicht der Präsident der Deutschen Schillergesellschaft, an dessen Stelle die Königin eigentlich den Landesstallmeister erwartet hatte.

Der Vetter aus Kreta

Unser Ähne sagte immer«, so beginnt in steilen deutschen Buchstaben, die zu lesen die jüngere Generation nicht mehr imstande ist, eine alte Überlieferung in der Degerlocher Wengertersippe Raff, »wir sollten unseren Familiennamen stets nach althergebrachter Weise mit ph schreiben, sonst bekämen wir nichts von dem Erbe des Vetters aus Kreta.« Diesen Vetter, vermutlich einer der nächsten Nachkommen jenes ehrbaren Friedrich Raph, der, wie ein Glasbild aus dem alten Rathaus zeigt, vor 350 Jahren »allhie zue Degerloch« das Schultheißenamt versah, muß um die Wende zum 18. Jahrhundert das Fernweh gepackt haben. Auf der entlegenen Mittelmeerinsel soll er sich dann niedergelassen und es dort zu beachtlichem Reichtum gebracht haben, an dem die Daheimgebliebenen eines Tages zu partizipieren hofften.

Das alles klingt recht sagenhaft, ist es doch kaum vorstellbar, daß in der Zeit der Türkenkriege ein schwäbischer Auswanderer ausgerechnet auf einer türkischen Insel als Christ unter Moslems Karriere gemacht haben könnte. Viel wahrscheinlicher ist daher eine zweite Version, wonach es jenen jungen Raph nach Frankreich verschlagen haben soll. Unter Ludwig XIV. und Ludwig XV. waren die Beziehungen des deutschen Südwestens zu dem übermächtigen Nachbarn ja mannigfaltiger Natur, und unser Raph wäre nicht der einzige, der es jenseits des Rheins zu Ansehen und Wohlstand gebracht hat.

Der Degerlocher soll schließlich in die Bretagne gezogen sein, vielleicht, weil das auf der Breite von Stuttgart liegt und neben der Normandie eine der wenigen Gegenden in welschen Gefielden war, wo es einen guten Most zu trinken gab. Jedenfalls muß sein Handel floriert haben, denn er wurde offenbar bald Eigner einer ganzen Reihe von Schiffen. Die Verwandtschaft auf den fernen Fildern sprach sogar von einer ganzen Flotte. Nur mit dem Namen der Wahlheimat des Vetters wußte man daheim nichts anzufangen, und so verballhornten die Wengerter aus der Mittleren Gasse die Bretagne zu Kreta. Sie wähnten den Ausreißer unter Griechen und Türken, während der in Brest oder Quimper seinen Geschäften nachging.

Nun war der Vetter Raph durchaus nicht in Unfrieden von den Seinen geschieden, und wenn er auch nie mehr den Weg in die alte Heimat zurückgefunden hatte, so fühlte er sich doch weiterhin seiner Sippe verbunden. Und weil er zudem ledig geblieben war, hatte er sein ganzes stattliches Vermögen, viele tausend Ecus, testamentarisch der Degerlocher Verwandtschaft vermacht. Als dann aber um 1750 der Erbfall eintrat, gab es im ganzen Flekken keinen einzigen Raph mehr. Ungeachtet der Warnungen des alten Großvaters hatten die Jungen den Familiennamen zu »Raff« umfrisiert. Der württembergische Staat erkannte ihnen deshalb keinen Rechtstitel auf die Erbschaft zu, und Herzog Karl Eugen »raffte« das schöne Vermögen an sich. Er soll damit die beiden Lustschlösser Monrepos und Solitude finanziert haben.

Das ist nun schon über zweihundert Jahre her, und weil es in Württemberg nie eine rechte Revolution gegeben hat, ist das Unrecht auch nie wiedergutgemacht worden. Doch die Nachkommen mögen sich trösten. Selbst wenn die beiden Schlösser später der Familie zugesprochen worden wären, wieviel davon hätte denn der einzelne nach so vielen Generationen noch bekommen? Vielleicht ein paar Ar mit einem kleinen Kavaliershäuschen drauf. Und trotzdem: Wenn man so ein kleines Schmuckkästchen bewohnen oder eine alte Scheuer umbauen und zu marktgerechten Preisen an eine hochgestellte Persönlichkeit vermieten könnte, des wär scho äbbes!

Amtliches

Der scheinheilige Sankt Bürokratius hat schon immer sein Unwesen getrieben, und der gesunde Menschenverstand ist noch nie seine Stärke gewesen, weder hierzulande noch anderswo. Auch waren seine Verlautbarungen stets dergestalt, daß sich ein normaler Sterblicher selten einen rechten Reim darauf machen konnte, weshalb es dann oft den nachgeordneten Instanzen vorbehalten blieb, die hochgestelzten Formulierungen der Ministerialen dem gewöhnlichen Volk verständlich zu machen – eine Aufgabe, der sich wiederum nicht jeder einfache Dorfschultes gewachsen zeigte.

Als es Bismarck 1871 gelungen war, die bis dahin souveränen deutschen Länder zu einem einzigen Staat zusammenzufügen, erwies es sich als notwendig, die verschiedensten Bereiche neu zu ordnen, eine gemeinsame Währung, gleiche Maße und Gewichte sowie ein einheitliches Recht zu schaffen. In Württemberg verschwanden die Gulden und Kreuzer. Fuß und Meile, Lot und Pfund wurden abgeschafft, in den ersten Jahren der Regierung von König Wilhelm II. sogar die bis dahin gültigen Ortszeiten. Seit dem 1. April 1893 galt überall im Ländle die neue, am mittleren Sonnenstand orientierte Einheitszeit (heute Mitteleuropäische Zeit). Da sich aber die neue Regelung nicht sofort bis in die hintersten Winkel herumgesprochen hatte, verlangte das königliche Ministerium des Innern im Herbst des genannten Jahres von den Schultheißenämtern einen Bericht, ob die neue Einheitszeit seit dem 1. April eingehalten werde. Worauf ein ebenso einfältiger wie mutiger Ortsvorsteher aus dem Schwarzwaldkreis, der die Einheitszeit mit der Heizperiode verwechselte, erwiderte, seine Gemeinde könne sich an keine Einheizzeit halten. Man habe heuer noch im Mai »einbrennen« müssen und gedenke auch fernerhin, sich beim Feuermachen nicht nach den Stuttgarter Öfen, sondern nach den örtlichen Notwendigkeiten zu richten.

Aus einem ähnlichen Holz geschnitzt war Schultheiß Häußler aus Balzholz im Oberamt Nürtingen. Auch ihn ärgerte die Flut von Erlassen, die Jahr für Jahr sein beschauliches Leben aus dem Gleichgewicht zu bringen drohte, und er sann immer wieder nach eigenen, einfacheren und vernünftigeren Durchführungsbestimmungen, zumal es, seit das neue Jahrhundert begonnen hatte, mit den Anordnungen und Gesetzen, die ihm da von Oberamt, Kreisregierung und Ministerium ins Rathaus flatterten, immer ärger wurde.

Im Frühjahr 1914 kam es gar zu bunt. Innerhalb einer Woche erreichten Häußler gleich zwei Schreiben. Das eine betraf ein Gesetz zum Schutz von Waldpflanzen, und das zweite enthielt eine Verordnung zur Verhütung von Waldbränden. Nun war der Balzholzer Schultes schon damals ein Freund der Verwaltungsvereinfachung. Deshalb faßte er die beiden Schreiben zusammen, so daß der Büttel nur eine einzige Kundmachung ausschellen mußte. Die neugefaßte bürgermeisterliche Anordnung, die am nächsten Tag lauthals überall im Flecken bekanntgegeben wurde und deren Original jedermann auf der Anschlagtafel neben der Rathaustür lesen konnte, lautete: Verordnung zur Verhütung des Schutzes von Waldbränden und Waldpflanzen.

Unterlassene Hilfeleistung

Marianne hatte mich gewarnt. Es war an einem Sonntag, und wir hatten uns zu einem Ausflug auf die Schwäbische Alb entschlossen. Als ich von dem schmalen Seitensträßchen auf ein kleines Wiesenstück fuhr, um den Wagen dort abzustellen, kreischte sie: »Ned! Da komme mr nemme raus!« Aber es war schon zu spät.

Ich versuchte nochmals anzufahren, doch die Räder drehten durch. Der Untergrund war naß und glitschig, an ein Fortkommen nicht mehr zu denken. Es nutzte auch nichts, daß Marianne sich selbst ans Steuer setzte. Mein kräftiges Schieben half ebensowenig. Nach einer halben Stunde steckten wir immer noch in der Patsche. Ich wollte schon Hilfe aus dem drei Kilometer entfernten Dorf holen, da fiel uns ein, wir könnten ja die Fußmatten unterlegen. Das half dann, aber ärgerlich war die Sache schon gewesen.

Was uns aber noch viel mehr aufbrachte, war, daß da einer kaltblütig und tatenlos zugeschaut hatte. Der Kerl stand mutterseelenallein etwa achtzig Meter über uns, am Rande des Mönchfelds, und es wäre ihm ein Leichtes gewesen, herunterzusteigen und mit Hand anzulegen. Er aber sah einfach zu, wie wir uns vergebens abmühten und reagierte weder auf unser Rufen noch auf unser Winken, sondern glotzte nur auf uns herab, teilnahmslos und neugierig zugleich. Der Mann trug eine blaugrüne Montur. Wahrscheinlich war es ein Soldat, so stramm wie er dastand, oder einer der Naturschützer, die in dieser Gegend übers Wochenende ihren Dienst tun. Ein einzelner Vorposten auf Wache. Vielleicht war er sogar besonders pflichtbewußt und hielt unsere Panne nur für vorgetäuscht, um ihn von seinen eigentlichen Aufgaben abzulenken.

Als wir das Auto nun ein paar Meter weiter auf sicherem Grund und Boden abgestellt hatten, traten wir unsere Wanderung an, und schon nach kurzer Zeit standen wir auf der Hochebene mit ihrer herrlichen, seltenen Flora. Plötzlich erblickten wir ihn wieder, den Mann ohne Mitleid, nur ein paar hundert Meter entfernt. Nach wie vor stand er wie angewurzelt am Steilabfall zum Wiesental und blickte angestrengt in die Tiefe. Mein Zorn war inzwischen verflogen, aber Marianne hatte immer noch eine Mordswut auf den Burschen. »Wart no, Kerle, dich knöpf i mir vor!« murmelte sie und gefährlichem Unterton, dann ließ sie mich einfach stehen und stapfte eiligen Schritts auf den anderen zu.

Auf einmal aber stockte sie. Offensichtlich getraute sie sich nicht weiter. War der Flegel etwa ausfällig geworden? Hatte er sie gar bedroht? Ich hatte nichts von einer Auseinandersetzung vernommen, und weil das Wetter ein bißchen diesig war, konnte ich auch keine Details erkennen. Jedenfalls bekam ich Angst um meine Marianne und rannte los, um ihr beizustehen.

Doch sie schlenderte mir gemächlich entgegen. Als ich ihre Gesichtszüge ausmachen konnte, bemerkte ich, daß ihr Ärger völlig verflogen war. Ja – sie lachte, lachte übers ganze Gesicht und schoß dann los: »Woisch, was des für a Denger gwä isch, der Wachmâ? Narr – des war a Wacholder!«

Unmoralische Anstalt

Der Reutlinger Burgplatz bot um die Jahrhundertwende ein beschauliches Bild. Da war noch nichts von der Unrast unserer Tage zu spüren. Die Leute gingen gemächlich zu Fuß, gönnten sich gerne eine Verschnaufpause im »Stern« oder in der »Krone« oder hielten auf dem Trottoir einen ausgedehnten Schwatz miteinander, wobei sie den Botenfuhrwerken zusahen und dem blassen Lehrbuben, der da wieder einmal auf Geheiß seines Meisters mit Kutterschaufel und Kehrwisch die Roßbollen auflas. Zum gewohnten Bild gehörte auch das »Büschelesbähnle«, die Dampfstraßenbahn nach Eningen, welche vor allem von den vielen Kindern immer mit großem Hallo begrüßt wurde, sie im übrigen aber nicht davon abhielt, lärmend ihre Spiele weiterzutreiben.

Verkehrsprobleme gab es nämlich noch keine. Sonst hätte man nicht mitten auf dem Platz jenes Bauwerk errichtet, putzig und trutzig zugleich, mit all dem Zierat, der das Kaiserreich auszeichnete und den unsere Urgroßväter so schätzten: eine weithin sichtbare, gußeiserne öffentliche Bedürfnisanstalt.

Man hatte noch Zeit damals, manche wohl fast zuviel. Wenigstens galt das von den drei schon etwas bejahrten Schwestern, die da im obersten Stockwerk des vom Vater überkommenen Mietshauses ein geruhsames Leben führten. Wegen ihrer ausgeprägt spitzen Nasen und der noch spitzeren Zungen war keines der Geschwister unter die Haube gekommen, und einer bezahlten Tätigkeit nachzugehen wäre unter ihrer Würde gewesen, verfügten sie doch über eine sichere Kapitalrente. So versahen sie eben gemeinsam ihren kleinen Haushalt, wobei eine von den dreien stets am Wohnzimmerfenster Wache hielt, um die beiden andern über die Vorgänge draußen auf dem laufenden zu halten.

Nicht selten aber sah man alle miteinander über die Fensterbank lehnen, und dann wurde buchstäblich alles durchgehechelt, was da auf dem Platz vor sich ging. Es gab kaum etwas, was den alten Jungfern nicht mißfallen hätte. Das junge Volk vergnügte sich viel zu laut, und die Bäckersmagd schäkerte schon zehn Minuten mit dem Hausknecht des Gasthofs. Die Frau des Kolonialwarenhändlers vis-à-vis ging schon wieder mit einem neuen Hut auf den Markt, und dann kam auch noch der Doktor mit seiner stinkenden Motorkutsche aus dem Ledergraben angebraust, als ob das Bähnle mit seinen

Rauchschwaden nicht schon genügend Ruß ausgespuckt hätte.

Aber am meisten verdroß das welk gewordene Kleeblatt, daß ständig Mannsbilder auf das grauschwarze Häusle mitten auf dem Platz zustrebten und sie dann von oben unfreiwillig Zeuge sein mußten, wie sich diese schamlosen Personen vor ihren Augen erleichterten. So etwas sommers wie winters mitansehen zu müssen, war eine furchtbare Zumutung für die sittsamen Damen, ganz abgesehen von den damit verbundenen Geruchsbelästigungen. Bei jeder Gelegenheit berichteten die drei von diesen anstößigen Tatsachen, und mit jedem Mal wuchs ihre Entrüstung.

Schließlich beschwerten sich die Frauen mit einer Eingabe an das Stadtschultheißenamt und führten aus, daß sie diesen Gestank von Lysol und Urin nicht länger zu dulden gewillt seien und noch weniger den peinvollen und unzüchtigen Anblick von Männern mit geöffnetem Hosenladen. Auf dem Rathaus wollte man die heikle Angelegenheit zunächst nicht aufgreifen, doch auf weiteres Drängen der Petentinnen schickte man endlich zwei Beamte, die für die Aufrechterhaltung der städtischen Ordnung zuständig waren, um die Sache in Augenschein zu nehmen. Diese beiden nahmen die Aufgabe, ein öffentliches Pissoir aus der Vogelschau zu inspizieren, sehr ernst. Sie ließen fast ein Dutzend Besucher der Anstalt Revue passieren, mußten aber jedesmal feststellen, daß der gewählte Standort keinen Einblick unterhalb der Gürtellinie gewährte. So sehr sie auch ihre Augen anstrengten, man sah immer nur den Kopf und den bekleideten Oberkörper der Männer. Einer der beiden Uniformierten stellte daher am Ende der Inspektion amtlich fest: »Mr sieht doch gar nix!« und wollte den Sachverhalt ordnungsgemäß zu Protokoll bringen.

Aber da protestierten die drei sittenstrengen Fräulein heftig und beteuerten wie aus einem Mund: »Aber wemmer aufs Schemele schdoht!«